时间的脚步是迅疾的，以分秒计时

光阴的速度是匆匆的，以日月为单位

岁月的长河是辽远的，从远古到现在到未来

而那岁月长河中沉淀下来的经典

几乎是静止的

一只蜗牛在上面爬行

每个字都值得仔细倾听，慢慢品味

——丘 山

神话故事，是我国一笔宝贵的精神文化财富，

它们或讲述神人，或描写异兽……

仔细品读，

我们会发现每一则故事都凝集了远古先民的智慧与想象，

都反映了他们对美好生活的向往与追求。

蜗牛小经典·有声版

中国古代神话

蜗牛房子　主编

海峡出版发行集团
THE STRAITS PUBLISHING & DISTRIBUTING GROUP

福建少年儿童出版社
FUJIAN CHILDREN'S PUBLISHING HOUSE

播"兴趣"的种子，
开"阅读"的花儿

——家庭教育专家、儿童阅读推广人付立平

提及阅读，很多人自然而然地把它和写作联系起来。实际上，阅读不仅能够使孩子更好地动笔墨，还能够使孩子的思维能力、审美情趣以及文化修养得到提升。可以说，阅读是一切学科学习的基础。

阅读，也是全面发展和终身发展的基础。当良好的阅读习惯养成后，实现自主阅读、快乐阅读、终身阅读就不再是难题了。

我们应当怎样开始阅读呢？影响阅读效果的因素有：阅读的内容、阅读的兴趣以及阅读的能力。

读什么？——阅读的内容

阅读的内容，直接关系到孩子阅读的质量和兴味。可是书海茫茫，孩子该读什么呢？根据我国教育部权威发布的《义务教育语文课程标准》《中小学生阅读指导目录》等文件，我们梳理出关于不同学段孩子阅读内容的指导意见：

学 段	阅读方向	基本要求	推荐书目
小学低学段	阅读浅近的童话、寓言、故事，诵读儿歌、儿童诗和浅近的古诗。	1.对感兴趣的人物和事件有自己的感受与想法，并乐于与人交流。 2.展开想象，获得初步的情感体验，感受语言的优美。 3.课外阅读总量不少于5万字。	小巴掌童话 小马过河 神笔马良 愿望的实现 儿歌三百首 七色花 ……
小学中学段	重视叙事性作品的阅读，诵读优秀诗文。	1.初步感受作品中生动的形象和优美的语言。 2.领悟诗文大意。 3.课外阅读总量不少于40万字。	孙悟空在我们村里 下次开船港 宝葫芦的秘密 帽子的秘密 山海经 ……
小学高学段	阅读叙事性作品、诗歌、说明性文章。	1.了解事件梗概，能简单描述自己印象最深的场景、人物、细节。 2.大体把握诗意，想象诗歌描述的情境，体会作品的情感。 3.课外阅读总量不少于100万字。	童年河 昆虫记 寂静的春天 呼兰河传 小王子 ……

怎么选？ ——阅读的兴趣

如果我们将阅读比作耕种，那么决定这棵植株生命力的应当是它的种子。一颗健康、充满生机的种子，必然有着无穷的内驱力，它会破土而出、萌生绿芽、茁壮成长，经历风吹雨淋后依然参天蔽日。这颗阅读的种子，就是兴趣。

当阅读的兴趣建立在尊重孩子、珍视孩子个性的基础上时，它会让孩子自己发现和体验到读书的乐趣，激发巨大的能量。这正如伟大的作家高尔基所说："我扑在书上，就像饥饿的人扑在面包上。"

因此，我们建议以尊重孩子个性、培养孩子阅读兴趣为前提，让孩子自由选择合适的读本，快乐读书。

怎样读？ ——阅读的能力

阅读能力的提升是阅读量和阅读质量的有效保证，怎样提升阅读能力呢？首先是选择优质的读本，为阅读建立良好的基础。优质的读本往往具有以下几个基本特点：

- 符合不同年龄段孩子的语言水平、认知能力。
- 代入感强，能引导孩子获得初步的情感体验。
- 可以引发孩子的共鸣，使孩子浸润其中。
- 从文字和插图上给孩子以美的享受，提升孩子的审美情趣。

其次是掌握高效的方法，提升阅读速度，扩大阅读面，增加阅读量。我们建议：

1. 学习默读。默读是提升阅读速度的有效方法。"新课标"明确指出："各个学段的阅读教学都要重视朗读和默读。"默读，要做到不动嘴、不出声、不指读，边读边想，在默读中思考。

2. 掌握跳读。跳读是浏览和快读最好的方法，既能避免错过重要的内容，也能跳过与阅读目的无关的东西。

3. 学会猜读。在小学阶段，尤其是低中年级，孩子在阅读时往往会遇到一些生僻字，如果一遇到生僻字就查字典，不仅阅读效率低下，连贯阅读的体验也会大打折扣。这时，我们建议先标记生僻字，让孩子根据上下文意思猜测着读下去，读完再去查证。这样不仅可以锻炼孩子的思维能力，还能使孩子在查证后获得成就感。

优质的读本+高效的方法，是孩子阅读能力提升的有力保障。

在阅读推广热潮迭起的今天，越来越多的家长和孩子意识到阅读是一种基本的学习方式，是一种高尚的学习习惯。我们衷心希望孩子的阅读不盲目、不乏味，能够丰富他们的精神世界，为其他学科的学习夯实基础。

小经典大不同

XIAO JING DIAN DA BU TONG

　　历史长河中沉淀下来的经典读物有很多，什么才是"小经典"呢？题材符合孩子的阅读兴趣，内容编排照顾孩子的阅读能力和阅读习惯的书籍，就是"小经典"。一起来看看"蜗牛小经典"有哪些"大不同"吧！

　　"蜗牛小经典"以培养阅读兴趣、激发求知欲、提升想象力和审美能力、锻炼思维能力为宗旨，根据不同年龄段孩子的心智发展程度，精选了不同题材、不同体裁的古今中外经典作品。

　　小学低学段选材主要为浅近的童话、寓言、儿歌、童谣和故事类作品，如《小马过河》《儿歌三百首》《小巴掌童话》等；小学中学段选材主要为形象生动、故事性强的儿童文学作品，如《下次开船港》《希腊神话故事》《宝葫芦的秘密》等；小学高学段选材主要为中长篇叙事性及人文社科类作品，如《童年河》《昆虫记》《寂静的春天》等。

　　我们秉着培养阅读兴趣的原则，以孩子的个体需求为中心，通过三个不同的角度，倡导更多的孩子从兴趣出发，快乐阅读。

大不同的体验

　　我们主张浸润式阅读，因此，在内文中一改经典阅读中常见的分析式意图阅读，从开篇到结尾没有引导读者去分析段落大意、主题、思想意义等，为孩子全身心、流畅阅读提供良好的环境，使孩子更好地沉浸其中。

　　考虑到部分孩子存在阅读障碍，这个障碍不仅仅是疑难字词带来的障碍，还可能是阅读压力带来的心理障碍。因此，我们为中高学段读物标注了生僻字拼音，增设了少量延伸栏目，如知识拓宽类、思维发散类等，帮助孩子更流畅地读下去。

在插图方面，我们同样根据不同年龄段孩子的需求，根据不同题材的文本特性，配以风格不同、数量不同、类型不同的插图。

此外，丛书内文采用本白纯木浆胶版纸（无荧光添加剂），能减少在灯光下阅读的强光反射，呵护孩子的双眼。

大不同的开本

丛书采用16开的开本设计，更大的幅面有利于大字号的编排、插图细节的还原，确保阅读的舒适性和对视力的保护。同时，舒朗的字距、行距，为孩子的阅读连贯性、舒适性保驾护航。

大不同的编排

为了适应不同年龄段孩子心智发展的需求，我们根据选材的适读年龄，分别设计了以下三种版式：

学 段	基本格式	内容篇幅	设计思路
小学低学段	楷体，较大字号，舒朗的字距和行距	短小精悍	为识字阶段的孩子提供舒适的阅读氛围
小学中学段	楷体，中等字号，较为舒朗的字距和行距	中等篇幅	为孩子提升阅读速度和提高阅读量打基础
小学高学段	宋体，较小字号，中等的字距和行距	中长篇幅	为孩子快速默读提供良好的条件

小经典，大不同，从这里开启快乐阅读、高效阅读之旅吧！

目录
CONTENTS

传说中，在很久很久以前，有坚持不懈追逐太阳的夸父，有勇敢无畏尝尽百草的神农，有奇思妙想捏泥造人的女娲……这些神话故事情节丰富，精彩有趣，被人们口耳相传保留至今。让我们打开这本书，一起踏上中国古代的神话之旅吧！

盘古开天辟地

在很久很久以前，没有天，也没有地，世界混沌一片，到处都是黑漆漆的。在这片漆黑之中，诞生了一个力大无比的巨人——盘古。

自诞生以后，盘古就一直在睡觉。他睡了整整一万八千年，终于睁开双眼，醒来了。盘古发现四周一片黑暗，什么都看不见，而且自己好像被什么东西用力挤压着。

盘古感到非常不舒服，不知从哪里抓过来一把巨斧，朝四周用力一劈。只听一声巨响，巨斧砍过的地方裂开了一个大口子，混沌的东西渐渐分开了。轻而清的部分**慢慢上升，**变成了天空；重而浊的部分**缓缓下沉，**变成了大地。

四周渐渐明亮起来，盘古觉得舒服多了，可心里有些担心：天地会不会又合在一起呢？

于是，他双脚稳稳地踏在地面上，举起双手，把天空往上托，用自己的身体把天地支撑起来，不给它们合拢的机会。天空和大地在盘古的支撑下，还在继续分离着。天空每天升高一丈，大地每天增厚一丈，盘古的身体也跟着变得越来越高大。就这样，又过了一万八千年，天空已经升得高不可及，大地也变得无比厚实，天和地终于成形了。

盘古可以放心了，但是，由于长时间的支撑，他已经耗尽了所有的力气。盘古再也坚持不住了，只听"轰"的一声巨响，他倒在了自己亲手创造的这片土地上。

这时，盘古的身体发生了神奇的变化。他的左眼飞上天空变成了太阳，为人间带来光明和温暖；右眼变成了月亮，照亮了漆黑的夜晚；头发和胡须变成了万千星辰，点缀着夜空。

盘古强健的四肢变成了四方的高山，他的血液变成了奔腾不息的江河，肌肉变成了肥沃的土壤，牙齿和骨头变成了石头和金属。他呼出的气变成了清风和白云，发出的声音变成了隆隆的雷声……

就这样，盘古用他的身体创造了世间万物。

女娲造人

　　盘古开辟天地之后，天上有了太阳、月亮和星星，地上有了山川草木和鸟兽虫鱼，世界变得热闹起来。

　　不知道从什么时候开始，天地间出现了一个神通广大的女神，名叫女娲。女娲独自生活在茫茫天地间，总觉得这世界还少了点儿什么，她为此苦恼极了。

　　究竟缺少了什么呢？

　　这天，女娲来到一条小河边。她有点累了，就坐在河边休息。这时，女娲的目光落在河水中自己的倒影上。她对着倒影笑了笑，倒影也对她笑了笑；她轻轻挥动手臂，倒影也跟着挥动手臂。

　　女娲恍然大悟：这世界虽然热闹，却没有第二个像我一样会说会笑、会跑会跳的生命啊！

　　想到这里，女娲从河边抓起一把湿泥，动手捏了起来，不一会儿，就捏出了一个模样和自己差不多的泥娃娃。她刚把泥娃娃放到地上，这个用泥巴捏成的小家伙

就活了起来，还开口喊："妈妈！"

女娲特别高兴，她给这个小娃娃取名叫"人"。她觉得一个人太少了，就继续捏了起来。渐渐地，女娲身边有了很多可爱的小人儿，他们蹦啊，跳啊，笑啊，开心极了。

为了造出更多的人，女娲每天天刚亮就来到河边捏小人儿，夜深了才休息。时间久了，她的双手和胳膊又酸又痛，可是她不想停下：和广袤的大地比起来，这些小人儿的数量还是太少了，怎么办呢？

终于，女娲想出了一个好办法。她找来一根树藤，把它伸到泥潭里搅拌，然后用力地把蘸着泥浆的树藤往地上甩去。泥点落到地上，纷纷变成了小人儿，模样和先前捏成的小人儿是一样的，他们叫着闹着四散跑开了。

● 广袤(mào)：广阔、宽广。一般用来形容大地与天空。

看着这些小人儿，女娲又犯了愁：这些人都长得一模一样，该怎么区分呢？女娲想啊想，终于有了主意。她把人分成了男人和女人，又把他们的相貌变得各不相同，这样总算能区分开来了。

看着自己亲手造出来的小人儿在大地上快乐地生活，女娲觉得非常开心。但是人类的寿命太短了，他们到了一定的年纪就会变老，然后死去。

为了让人类能够生生不息，女娲让男人和女人结为夫妻，生育后代。这样，人类就可以世世代代地繁衍下去了。

小思考家

远古人类认为自己是神创造出来的。你能用科学知识说一说人类是怎样来的吗？

燧(suì)人氏钻木取火

远古时期，人们既不知道火是什么，也不知道火有什么用处。每到夜晚，四周一片漆黑，寒风呼啸，到处都能听到野兽的吼叫声。人们又冷又怕，只能聚在一起互相用身体取暖，小心翼翼地避开野兽的攻击。

由于没有火，人们只能生吃食物：采来的野菜野果，洗一洗就直接吃掉；打来的猎物，剥下皮毛后，就生吞进肚子里。人们为此经常生病，甚至丢掉性命。

一位天神看到人类生活得这么艰难，非常不忍心，于是决定把火带到人间，帮人类走出困境。天神在森林中降下了一场雷雨，可怕的闪电一道道劈下来，雷声"轰隆隆"地响个不停。突然，一道闪电劈在一棵枯死的大树上！枯树很快燃烧起来，火势越来越大，向周围蔓延。

"这是什么东西？太可怕了！"人们吓得四处奔逃。一直等雷雨过后，天已经黑了，大家才重新聚在一起，但谁也不敢靠近那些燃烧着的树木。

这时，一个细心的年轻人发现，这晚的森林竟然没有了野兽的叫声。他就想：难道野兽害怕这个发着光的东西吗？他鼓起勇气向正在燃烧的树木走去。还没到跟前，他就感到一股热气扑面而来。他兴奋地喊道："大家快来啊，这里好暖和！"

接着，又有一股香味从附近飘来。年轻人跑过去一看，原来是几头被烧死的野兽。他从野兽身上撕下一块肉塞进嘴里：真好吃啊！

"这肉好吃极了，你们快来尝尝！"大家立刻围了过来，津津有味地吃起来。

就这样，人们知道了火的用处。可是，他们还不知道如何生火。为了随时都有火用，大家决定轮流守护火种。但是有一天，看守的人不小心睡了过去，等他醒来的时候，火已经熄灭了。人们又陷入寒冷与黑暗之中。

天神看到这一切，便托梦给这个年轻人，让他前往燧明国寻找火种。

年轻人决心把温暖和光明重新带回部族。于是，他翻山越岭，历尽艰辛，最后终于到达燧明国。可是，燧明国也是一片黑暗，哪里有什么火种呢？年轻人顿时感到身心俱疲，瘫坐在一棵叫"燧木"的大树下，不久就睡着了。

迷迷糊糊中，年轻人感觉眼前有亮光闪过。他立刻睁开眼睛，四处打量，发现一只大鸟正在啄燧木的树干，它每啄一下，树干就会冒出一点火花。

年轻人恍然大悟。他立刻折下一大一小两根树枝，然后用小树枝去钻大树枝，果然钻出了火花。可是火花太小了，根本烧不起来。年轻人没有灰心，一直不停地尝试。终于，树枝冒出了烟，火慢慢烧了起来。

年轻人兴奋不已，迫不及待地赶回家乡，把钻木取火的方法告诉了大家。人们学会了取火，再也不用生活在寒冷与黑暗之中了，生活条件得到了很大的改善。大家都很感激这个年轻人，也很佩服他的勇敢与智慧，于是推举他当了部落的首领。

因为年轻人是受大鸟啄燧木的启发才找到了钻木取火的方法，所以人们就称他为"燧人氏"。

钻木取火

一般来说，物体摩擦会产生热量，热量积累到一定程度，物体就会燃烧起来。因此用一根硬木棒对着木头的凹陷处使劲钻，就可以产生火花。这便是钻木取火的原理。

祝融击石取火

燧人氏发明钻木取火的方法后，人们慢慢地学会了用火煮饭、烤肉、取暖，还懂得了如何用火驱赶野兽和毒虫，火在人们的生活中越来越重要。

不过，人们虽然学会了怎么用火，却还没有找到保存火种的办法。每一次钻木都需要很长时间，靠钻木取得火种非常费力，但当时的人们过着游猎生活，需要不断迁徙，带着火种又非常不方便。

有一年，黄帝带领整个部落迁徙，半路上忽然下起了大暴雨。大家冒雨前行，身上都湿透了，火种也被雨水浇灭了。最后，大家只好躲进一个山洞里，计划等雨停后再出发。谁知，雨越下越大，一连下了好几天，丝毫没有停止的迹象。

人们没有火取暖做饭，又冷又饿，于是纷纷祈祷："老天啊，求求你不要再下雨了！"可雨还是不停地下，大家饿得实在受不了，只能吃生的食物。

　　部落里有一个叫重黎的人，他担心大家会因为生吃食物得病，非常着急。他不甘心，便拿起尖石头开始钻木柴，希望能钻出火花。

　　可木柴都湿透了，重黎累得胳膊都酸了，也没钻出一点儿火星来。他失望极了，把手里的石头狠狠地扔了出去。没想到，石头砸到岩壁上，竟然溅出了许多火星！

　　重黎顿时高兴得跳起来。他大喊一声："我知道了！"然后，他捡起两块石头，使劲用一块砸另一块。火星不断从两块石头之间飞溅出来，可始终没有火焰。

　　重黎苦恼地坐在地上，握着石头冥思苦想：究竟怎样才能使火星燃烧起来呢？重黎四下张望，忽然，他看到衣服的破洞里露出了一点芦絮。他猛地一拍大腿："有办法了！我知道怎么让火星燃烧起来了！"

　　大家都疑惑地盯着重黎。只见他撕开衣服，取出一大团芦絮放在地上，然后拿着两块石头，在芦絮上方用力撞击。又有火星了！芦絮沾到火星，一下子蹿出火苗来。刚开始，火苗很微弱，重黎就趴在地上向火苗"呼呼"地吹气。不一会儿，火苗就越烧越旺了。

　　"太好了，有火了！"大家都激动地叫了起来。

　　重黎因为击石取火，立下了大功，于是黄帝封他做了火正官，让他专门掌管火，并对他说："重黎，以后你就叫'祝融'吧。'融'是光明的象征，希望你能永远给人间带来光明！"从此，人们都称重黎为祝融，并将他奉为火神。

小生活家

　　火可以用来煮饭、烤肉、取暖……用处多多。但是，用火也是一件很危险的事情，你知道哪些安全用火的小知识呢？说出来与大家一起分享吧！

毕方盗火

关于火的起源的神话故事还有另一个版本。在章莪(é)山上,住着一只神鸟,名叫毕方。它长得像鹤,但只有一只脚。它的羽毛是青色的,身上有火红色的斑纹。它展翅腾飞时,就像一团熊熊燃烧的烈焰。

那时候人间没有火,火种掌握在天帝手里。平时,人们只能吃各种生冷的食物。每逢冬天,北风呼啸,大雪纷飞,人们冻得瑟瑟发抖,却没办法使身体暖和起来,很多人就这么冻死了。

传说,毕方曾经是侍奉天帝的童子。他跟在天帝身边,经常看到人们诚心祷告,祈求天帝解救。毕方不忍心看人们挨饿受冻,便恳求天帝把火种传到人间,天帝却不同意他的请求。

有一年寒冬腊月,皑皑白雪覆盖着大地。毕方在人间游历时,遇到一个冻僵了的年轻人。看着年轻人冻得苍白发青的脸颊,他实在于心不忍。于是,毕方立刻返回天宫，趁着天帝睡觉的时候，悄悄把火种偷了出来。

毕方带着火种回到年轻人身边，又找来树枝，用火种把它点燃。"噼里啪啦！"熊熊燃烧的火焰融化了冰雪，也温暖了年轻人的身体。年轻人逐渐醒了过来，他感激地对毕方说："谢……谢谢你救了我！"

毕方抬头看了看天宫的方向，担心天帝随时会追来，便连忙把火种塞到年轻人手里，说："这是火种，能点燃木柴，让人温暖起来，还能加热食物，你快拿着它离开，把光明和温暖传遍大地！"

年轻人感激涕零地拿着火种走了。毕方似乎看到了火给人类带去幸福的情景，不禁露出了微笑。

天帝醒来后，很快发现火种不见了，他怒火中烧，没过多久便查出盗火的原来是毕方这个"叛徒"。天帝生气地把毕方贬到了章莪山上，把他变成仅有一条腿的鸟。后来这件事被人们知道了，大家便把毕方鸟当作火神来祭祀，感谢它为人间带来了火与温暖。

小思考家

火为人类带来了光明和温暖，带来了各式各样的熟食……如果没有了火，我们的生活会有怎样的变化呢？

共工怒触不周山

在昆仑山上，有一座雄伟的光明宫，里面住着火神祝融。祝融教会人们使用和保存火种，大大改善了人们的生活条件，百姓们非常感激，纷纷设坛祭拜他。

水神共工知道这件事情后，嫉妒极了："谁也离不开水，为什么大家都只祭拜火神，却不知道感激我？哼！我倒要让他们看看，究竟是他火神厉害，还是我水神厉害！"

于是，共工任命相柳和浮游两员大将做先锋，率领大军向祝融所在的光明宫发起攻击。共工引来大水，从光明宫的上空倾泻而下，瞬间扑灭了光明宫周围常年不灭的神火，天地之间顿时变得一片漆黑。

很快，祝融驾着烈焰腾腾的火龙出来迎战。火龙逼

五行神

上古神话中，金、木、水、火、土五行都有其对应的神仙，他们分别是金神蓐(rù)收、木神句(gōu)芒、水神共工、火神祝融和土神后土。

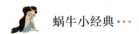

退了大水，神火重新燃烧，天地间又亮堂起来了。

共工气得瞪圆了双眼，他大手一挥，命令道："相柳、浮游，你们去把三江五湖的水都吸上来！"相柳和浮游依令行事，吸来许多水，共工立刻施展法术。只见滔天巨浪从天而降，再次浇灭了神火。

祝融见此情景，马上请来风神帮忙。借助风力逼退洪水后，神火又燃烧起来。祝融就召唤出火龙，凶猛地冲向共工大军。

共工和手下将士耐不住烈火炙烤，狼狈逃回大海。共工松了口气，得意地说："大海可是我的地盘，看他祝融能拿我怎么办！"

谁知，祝融大军还是追了过来。火龙经过的地方，海水竟向两旁退去，让出了一条宽阔的大路！

共工见祝融来势汹汹，知道躲在海里不是长久之计，只好带着伤兵残将出来迎战，可是他们很快就被打得落花流水。他只好仓皇向天边逃去，一直逃到了不周山。

不周山是支撑天地的大柱子，它高高耸立在荒原上，挡住了共工的去路。

共工回头一看，祝融的大军马上就要追上来了。他又急又气，大吼一声："我宁可撞死，也决不认输！"说完就一头撞向了不周山。

只听"轰隆"一声巨响，不周山居然被撞出了裂痕！山上的巨石纷纷滚落，裂痕越来越大，不一会儿，支撑着天地的不周山就倒塌了。

顷刻间，巨大的灾难降临了：西北方的天空坍塌了，露出一个大窟窿，天河里的水哗啦啦地倾泻而下；东南方的地面也塌陷了，洪水从地下喷涌而出；山林燃起了熊熊大火，各种动物在火海中狂奔，人们四散奔逃，一些沉睡的恶兽也趁机出来危害人间……

从此，人们生活在水深火热之中。

女娲补天

共工撞倒了不周山后，西北角的天空破了个大窟窿，天河的水从这里倾泻而下，洪水就在人间泛滥开来。不仅如此，大地上还经常爆发山火，猛兽到处作恶。人间灾害不断，百姓的生活十分悲惨。

女娲看到自己造出来的人类遭受这样的苦难，心痛极了。她决心修补好残破的天空，把人们从水深火热之中解救出来！

为寻找补天的材料，女娲走遍了世界上所有的山川河流，终于寻找到红、黄、蓝、白、青五种颜色的石头。

五彩石找齐后，女娲把它们放进一个大熔炉里，又引来地心之火进行煅烧，烧了整整九九八十一天，终于把它们炼成了五彩的岩浆。

接着，女娲就拿这些岩浆去填补天空的大窟窿。

● 煅（duàn）烧：把物体加热到一定温度，让其中挥发性的物质排出。比如将石灰石加热，就可以分解出其中的二氧化碳，得到生石灰。

窟窿果真慢慢变小了。女娲见了，就更加卖力地修补起来。

滚烫的岩浆把女娲的手烫伤了，可她一点儿也不在意。她细心地填补着窟窿，一刻也不停歇。最后，在她的不懈努力下，天上的大窟窿终于修补好了。

但是，新的问题又来了：没有了不周山，该用什么东西将天空重新支撑起来呢？

这天，女娲在消灭猛兽时，看到一只大龟正在海里兴风作浪。那只龟巨大无比，一条腿就有一座山峰那么高。女娲顿时有了主意：用它的四条腿来支撑天空不就可以了吗？

于是，女娲施展法术，将大龟抓了起来，让它支撑起倒塌的天空。就这样，天河水不再往地上流了。不过，天空从此变得向西北方向倾斜了，因此太阳、月亮和星辰都自然地从东方向西方运行。

接着，女娲扑灭了大火，用芦灰堵住了滔滔洪水，并施法降服了猛兽。天地间终于恢复了往日的平静，人们又过上了安宁的生活。

伏羲氏结网捕鱼

　　伏羲是远古时期的部落首领，也是华夏文明的始祖之一。那时候，人们还不会种庄稼，只能吃打来的猎物，如果打不到猎物，就要饿肚子。为此，伏羲下定决心要解决族人吃饭的问题。

　　有一天，伏羲在河边散步。突然，他看见一条又大又肥的鲤鱼跃出了水面。伏羲想：多好的鲤鱼啊，是不是也可以抓来吃呢？

　　想到这里，伏羲立刻跳下水，捉到了一条鲤鱼。他把鲤鱼烤熟了分给大家吃，大家都觉得味道好极了，于是纷纷下河去捉鱼。

　　龙王知道后，大发雷霆。他跑上河岸，责问伏羲："你们好大的胆子，竟敢来捉我的龙子龙孙！我警告你们，以后不准再到河里捉鱼，否则别怪我不客气！"

　　伏羲听了，不仅没有被吓住，反而哈哈大笑："行！我们不捉鱼了。以后要是饿了，我们就来喝水。只怕水

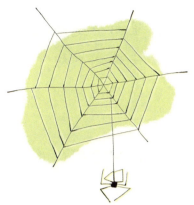

很快就会被我们喝干啊！"

龙王一听，吓坏了，心想：我们水族可离不开水，万一水真的被他们喝干了，我们岂不是都活不成了？

这时，龟丞相凑到龙王耳边，小声说了几句话。龙王听了连连点头，转过身对伏羲说："我允许你们捉鱼。不过，你得答应我一个条件——不能用手捉鱼。你们能做到吗？"

伏羲点点头答应了。

不用手怎么能捉到鱼呢？大家都疑惑地看向伏羲，发现他也皱起了眉头在苦苦思考。

一天，伏羲来到了一棵树下，发现树上有一只蜘蛛在织网。只见蜘蛛左拉一根丝，右拉一根丝，不一会儿就织好了一张网。然后，蜘蛛跑到角落里躲了起来。没过多久，一只飞蛾撞在网上，动不了了。蜘蛛迅速跑过来，津津有味地大吃了一顿。

伏羲顿时灵光一闪，想出了一个好主意。他跑到山上，扯来一些藤条，学着蜘蛛织网的样子，编出了一张大网。

伏羲带着大网来到河边，用力一抛，将它投进了河里，大网马上沉了下去。等了一会儿，他把网拉上来一

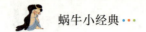

看，里面全是活蹦乱跳的鱼儿！

伏羲高兴极了："太好了，这下不用手也能捉到鱼了，而且一次可以捉到很多！"他又把这个好办法教给大家。

龙王看到伏羲教人们用网来捕鱼，非常生气，却也无话可说。人们学会了结网捕鱼，再也不会因为打不到猎物而挨饿了，都非常感激伏羲。

动物学家

许多人害怕蜘蛛，其实，大部分蜘蛛是益虫，帮人类消灭许多害虫。除了蜘蛛，你还知道哪些益虫？

伏羲画八卦

　　远古时期，人们对大自然很不了解。他们不知道为什么会有天气的变化、日夜的更替，更不知道人为什么会生老病死……大家对这些现象非常好奇，于是纷纷跑去问伏羲。

　　伏羲是当时部落里最有智慧的人。可是，他也不知道这些问题的答案。

　　为了找到答案，伏羲经常观察星斗的运动、植物的枯荣等自然现象，试图从中发现大自然的变化规律。他偶然发现有个地方的蓍（shī）草长得非常茂盛，可以显示天象，于是开始用蓍草为人们占卜。

　　当时的人们认为，这种占卜方式可以准确地预测吉凶。可伏羲并不满足于此，他想更清楚地了解大自然的奥秘。

　　有一次，伏羲在蔡河里捕鱼，意外捉到了一只奇特的白龟，于是把它养在一个大水池里。

　　这天，伏羲正在喂白龟，有人急匆匆地跑来报告："不好了！蔡河里出了怪物！"伏羲赶紧跑去察看。只见那怪物长相奇特，既像龙又像马，更神奇的是，那怪物在水面上行走，就像走在平地上一样从容。

　　大家都吓坏了，不敢靠近。伏羲却很镇定，大步往河边走去。没想到，那怪物一见伏羲，竟然主动跑到他面前，老老实实地站定，一动也不动。伏羲看到怪物背上长着非常奇特的花纹，便随手摘下一片树叶，将怪物背上的花纹画在树叶上。他刚画完，怪物便大叫一声，腾空而起，转眼间就消失得无影无踪了。

　　大家好奇地问："这是什么怪物?"伏羲说："那

怪物像龙又像马，就叫它'龙马'吧。"

可是伏羲并不知道龙马为什么会突然出现，也不知道它背上的花纹是什么意思，于是整天拿着那片树叶琢磨。一天，他喂完白龟，又琢磨起那片树叶来。忽然，池水哗哗作响，白龟游到伏羲面前，目不转睛地盯着他。伏羲正觉得奇怪，又见那白龟突然向他点了三下头，然后就缩回壳里，一动也不动了。

伏羲聚精会神地观察起白龟来，忽然发现龟壳上的花纹跟龙马背上的花纹有些相似。他灵光一闪，悟出了天地万物的变化规律，就根据龟壳和龙马背上的花纹画出了八卦图。

天帝知道后，担心人们能用八卦预测未来的事后就不再敬畏他了，便派天兵天将下凡，想收走八卦图。没想到，伏羲用八卦算出了这件事！他把八卦图埋了起来，并在上面种了一棵柏树。种好柏树后，伏羲左一脚，右一脚，在树的周围踩啊踩，踩得土地起伏不平，使那棵柏树看起来东倒西歪的。结果，这棵柏树让天兵天将迷失了方向。他们连八卦的影子都见不着，只能两手空空地回去了。

后来，这棵柏树就被称为"八卦柏"。据说，人从哪边看这棵柏树，它就会往哪边歪，让人根本分不清它到底歪向哪边。

载歌载舞的帝江

相传，天山是一座布满玉石矿藏的宝山。

守护天山的神灵名叫帝江，他长得像一个硕大的口袋，看不出哪里是头，哪里是尾，更别提五官了。他的皮肤远看是黄色的，近看却又红彤彤的，像一团燃烧的火焰。帝江长着六只脚和两对大翅膀，飞行时就像一个大口袋飘在空中。

帝江没有嘴巴和眼睛，却非常热爱音乐和舞蹈。他常常邀请朋友们欢聚一堂，载歌载舞。见过帝江唱歌跳舞的人，都会情不自禁跟着手舞足蹈。

帝江有两个好朋友，一个叫倏（shū），是南海的天帝；另一个叫忽，是北海的天帝。倏和忽经常结伴到帝江那里游玩，帝江每次都非常热情地招待他们。

有一天，倏和忽聚在一起聊天。倏说："帝江对我们这么好，我们是不是应该为他做点儿什么？你看，我们俩都有眼、耳、鼻、口，帝江却没有……"

26

忽一愣，为难地说："可是帝江天生如此，我们有什么办法呢？"

倏灵机一动，说："不如我们帮他造出七窍吧！"

"七窍要怎么造呢？"

倏胸有成竹地拿出斧头、凿子等工具，对忽说："我们帮他凿开就行了！"

于是，倏和忽拿着工具来到帝江那里，对帝江说出他们的计划。帝江听说自己可以拥有七窍，就高兴地答应了。

就这样，倏和忽在帝江的身上凿啊凿，每天凿开一窍。七天之后，帝江终于拥有了眼睛、耳朵、鼻子和嘴巴。

倏和忽以为大功告成了，兴高采烈地围着帝江唱歌跳舞。谁料，帝江突然白眼一翻，直挺挺地倒在了地上！倏和忽急忙跑去查看，惊愕地发现帝江已经咽气了。

倏和忽忍不住号啕大哭，他们原本只是想让好朋友像自己一样拥有七窍，没想到却好心办了坏事，把帝江害死了。

龙伯钓鳌

在渤海东边亿万里远的地方，有一个巨大的水潭，叫作"归墟"。没有人知道归墟究竟有多深，人们只知道，即使天底下所有的水都流入归墟，也无法将它填满。

归墟的水面上，漂浮着岱舆、员峤、方壶、瀛洲和蓬莱五座仙山。山上景色优美，长满了奇花异草，生活着许多珍禽异兽，还有许多华丽的亭台楼阁。仙人们住在这里，过着逍遥自在的生活。

然而，这五座仙山没有根基，每当海上刮起狂风时，它们就会随波漂流。"仙山这么漂来漂去，也不知道会漂去哪里。"仙人们都很担忧，却不知道怎么办才好。无奈之下，他们只好跑去求助天帝，请天帝把五座仙山固定下来。

天帝想了想，决定派禺(yú)强去固定这五座漂浮不定的仙山。禺强是黄帝的孙子，身兼风神和海神的职位，派他去再合适不过了。

禺强接到命令后，绕着仙山飞了几圈，想出了一个办法。他找来十五只大鳌，安排每三只大鳌守护一座山，其中一只顶住仙山，另外两只就在旁边守护，每六万年轮换一次。这样一来，仙山被大鳌稳稳顶住，仙人们再也不用担心仙山漂走了。

那时候，昆仑山北面有一个巨人国，叫龙伯国，那里的人都长得高大无比。一天，龙伯国有个巨人闲逛到仙山附近。

巨人望着碧蓝的归墟，心想这儿肯定能钓到大鱼。于是，他用一棵大树当鱼竿，乐滋滋地钓起鱼来。

鱼钩沉了下去，不一会儿就有了动静。巨人十分高兴，他把鱼钩提起来，发现上面竟然挂着一只大鳌。巨

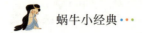

人解下大鳌，又甩下了钓钩……没多久，他就钓上来六只大鳌。

巨人高兴地带着六只大鳌回到龙伯国，把它们煮熟吃了。吃完之后，他把鳌壳往门口随便一扔，就躺在地上打起了呼噜。

半夜，海上起了大风，岱舆和员峤两座仙山慢慢向北漂去，最后都沉入了深不见底的归墟。原来，巨人钓走的六只大鳌，正是这两座仙山的守护者。

幸好，山上的仙人及时发现，早早飞到另外三座仙山上去了，这才逃过一劫。他们无家可归，纷纷上天向天帝告状。

天帝得知是龙伯国的巨人钓走了大鳌，十分生气，决定亲自惩罚他们。

当天夜里，天帝脱下金靴，赤着脚沿龙伯国的边界线走了一圈。第二天太阳升起的时候，整个龙伯国的国土以及国民，竟然都缩小了十倍。

那个钓鳌的巨人一觉醒来，发现门前屹立着六座巍峨的高山，正是那六个鳌壳，不由得感叹说："果然是神鳌啊，一夜之间就变得这么大了！"他还不知道，是他自己变小了呢！

神农尝百草

神农是上古时期一个部落的首领。相传，神农的母亲有一次在外游玩时，一条巨龙从天而降，围绕着她盘旋。回家后不久，她就怀孕了，生下来的孩子便是神农。

神农的样貌很奇怪，他有着人的身体，脑袋上却长着两个牛角。他从小就非常出众，出生三天就能说话，五天便学会了走路，后来年纪轻轻就当上了部落首领。

那时候，人们还不懂医药，生病了只能自己扛着，常常将小病拖成大病，最后只能痛苦死去。当时，人们经常靠野菜野果充饥，如果不小心吃到有毒的食物，更是容易丧命。

神农看到族人饱受病痛和饥饿的折磨，非常心痛。为了避免人们再误食毒草毒果，他决定亲自品尝所有植物，把有毒的和无毒的区分

炎黄子孙

我们中国人都自称"炎黄子孙"，而"炎黄"指的就是中华民族始祖——炎帝神农氏和黄帝轩辕氏，他们都是远古时期部落联盟的首领。

出来。

于是，每当空闲的时候，神农就跑到野外去品尝各种植物。他不仅记录下这些植物的形状、颜色和味道，还会根据服用后身体的反应，仔细记下这种植物是否可以食用或药用。对于可以食用的植物，他让人们用来充饥；对于可以治病的植物，他又反复摸索查明它们的功效；对于有毒的植物，他便提醒人们千万别误吃。

神农这样做是非常危险的，因为他常常会吃到有毒的植物，有时甚至一天中毒几十次。幸好，这些植物的毒性都不是很强，每一次他都顽强地挺了过来。

族人很担心神农会因此丢掉性命，纷纷劝他："停下来吧，这样太危险了。"

但是，神农想为大家找到更多的食物和药材，依旧

四处奔波，从不放弃。

一天，神农在野外发现了一种开着小黄花的草。他采了一株放进口中咀嚼。谁知，苦涩的汁液一进入肚子，他马上感到**天旋地转**，腹痛难忍。神农意识到这是一种剧毒的草，他就强忍着剧痛，把这株草的外形、味道和毒性记了下来，并给它起名叫"断肠草"，告诫人们千万不要误食。就这样，神农不幸被断肠草夺走了生命，族人都哀痛极了。

神农遍尝百草，发现了不少可以食用和药用的植物。这不仅为人们带来充足的食物，更拯救了很多人的生命。后来，人们仔细整理神农记录下来的资料，代代相传。据说人们食用的稻、黍、稷、麦、菽等"五谷"，就是神农发现的。

为了纪念神农的恩德和功绩，人们将他奉为"药王神"，还修建了药王庙，世世代代供奉。

历史学家

除了神农，我国明代也有一位潜心钻研草药的人物！他还撰写了一部著名的草药学著作——《本草纲目》，你知道他是谁吗？

炎帝创市

远古时期，有一位叫神农氏的部落首领，他为百姓做了很多好事，不仅教会人们种植五谷，还发明了农耕用具，被后人尊称为"炎帝"。

一天，炎帝外出办事，途中经过一户农家。主人非常热情地留炎帝在家吃饭，把家里所有能吃的东西都摆上了饭桌，可全是谷物和蔬菜。

主人抱歉地说："不好意思，家里没有肉，只有这些食物了。"

炎帝并没有嫌弃，而是关切地问："难道你们长年只吃这些东西吗？"

"唉，我们不会打猎，也不会捕鱼，只会种庄稼，所以只能吃地里种出来的东西。"炎帝听了，心里很不是滋味。

又有一天，炎帝经过一户猎人家，主人也热情地招待了他。炎帝见饭桌上不仅有各种野兽的肉，还有一些

谷物和蔬菜，他指着桌子上的蔬菜问猎户："这些是你们自己种的吗？"

猎户摆摆手说："这些蔬菜是我打猎经过一户农家时，拿兽肉跟他们换来的。"

炎帝就想：如果鼓励大家把自己吃不完、用不完的东西，拿去同别人换取需要的东西，每个人不就都可以得到自己需要的东西了吗？这办法真是太好了！可是，他又想到：人们不清楚谁家有多余的东西，也不知道对方需要什么东西，挨家挨户去问又太麻烦，怎么办呢？

最后，炎帝终于想出了一个好办法：既然挨家挨户地问太麻烦了，那就把人们都集中起来，规定一个时间和地点，让人们进行物品交换，这样就方便多了！地点很好解决，只要找一块人们方便前往的空地就可以了。但是，什么时间合适呢？

炎帝辞别猎户后，刚走出门，他的目光就落在行人的影子上。现在刚过正午，行人的影子都短短的。对呀，把交换的时间定在正午最合适不过了！人们有充足的时间赶到交换地点，交换后还能在天黑之前赶回去！

经过反复比较，炎帝选定了最适合集中交换的地点，然后把这个想法告诉了人们。很快，这个消息就传遍了整个部落，大家听了都非常支持。

从此，每天一大早，人们就挑着自己家里多余的东西，从四面八方赶往交换地点。还没到正午时分，交换地点就挤满了人，热闹极了。大家你挑我选，纷纷用自己多余的物品换回需要的东西，然后心满意足地回家去。

后来，参与交换的人越来越多，形成了一定规模，人们就把交换物品的地方称作"市"。民间赶集的风俗，便是由此发展而来。

精卫填海

炎帝有个女儿，名叫女娃。她长得十分美丽，而且聪明又活泼。

一天，女娃划着一只小船，去东海游玩。微风轻轻地吹过，海浪柔柔地涌动，女娃感到十分惬意。她开心地唱着歌，划着小船驶向东海深处。

谁知，没过多久，太阳突然躲了起来，乌云遮住了天空。接着，海风呼呼地吹起来了，像千万只怪兽在怒吼。海浪剧烈地翻滚着，几乎要吞没女娃的小船。

风浪越来越大，小船一会儿被卷上浪头，一会儿跌入浪底。女娃不得不紧紧抓着小船，使出全身的力气划动船桨，在海浪间左躲右闪。她的胳膊越来越酸痛，就快划不动船桨了。

突然，一个巨浪扑来，小船瞬间消失在了茫茫大海中。女娃在波浪中翻滚了几下，就被卷入漩涡里。

"救命！救命啊！" 女娃声嘶力竭地喊，但呼救

声刚一发出就被巨大的海浪声吞没了。不一会儿，女娃就彻底消失在了大海里。

几天后，一只小鸟扑棱棱地从漩涡里飞了出来。原来，女娃恨无情的大海夺去了自己的生命，她的魂魄化作一只鸟，重新回到了人间！这只鸟长着花脑袋、白嘴巴和红爪子，总是发出"精卫、精卫"的叫声，于是人们就叫它"精卫"。

精卫飞到了发鸠山，在山上的柘(zhè)木林里筑了巢。每天天一亮，它就衔着小石子儿、小树枝，从发鸠山飞到东海，把它们投进大海中，然后再返回发鸠山继续衔石子和树枝。

"我一定要把大海填平，让它没法再害人！"精卫发誓说。

精卫每天来回不停地衔着小石子儿、小树枝去填海，大海见了，不由得大声嘲笑："可笑的小鸟，不要白费力气了，你永远都不可能填平我！"

精卫坚定地回答："我一定会把你填平的！哪怕要花上一千年、一万年，我都不会放弃！"

就这样，精卫每天往返于大海与大山之间，不管烈日炎炎还是风雷雨雪，它都不知疲倦地忙碌着。

据说直到现在，精卫还在衔石填海呢！

百鸟之王少昊

在东海之外有一道巨大的深谷，那是西方天帝少昊建立的百鸟之国。

传说，少昊的母亲是天上的仙女皇娥。皇娥有一双扑闪扑闪的大眼睛和弯弯的细眉，美丽动人。她十分勤劳，每天在天宫里用五颜六色的丝线织布，常常织到深夜。每当感到疲惫时，她就会划着木筏，顺着银河漂流而下，来到西海岸的穷桑树下。

这棵穷桑树高大茂盛，叶子是红色的，红叶下长着硕大的紫色桑葚。有一天，穷桑树下来了一个气质非凡的少年——太白金星。他容貌出尘，眼睛里闪烁着智慧的光芒。太白金星和皇娥一见钟情，他们一起唱歌、弹琴，十分愉快。后来，二人结为夫妻，生下了儿子少昊。

少昊出生那天，从天边飞来了五只凤凰，它们有红、黄、青、白、黑五种颜色，纷纷落在少昊的面前。大家都说，这是吉祥的征兆。

少昊天资聪慧，长大后成了东夷部落的首领，并建立了自己的国家——百鸟之国。这个国家以凤凰为统领，所有鸟儿各司其职：燕子掌管春天，伯劳掌管夏天，鹦雀掌管秋天，锦鸡掌管冬天；仁孝的鹁鸪（bó gū）掌管教育，威猛的鸷（zhì）鸟掌管军事，公正的布谷鸟掌管建筑，威严的雄鹰掌管刑法，伶牙俐齿的斑鸠掌管言论……百鸟之国处处呈现出一派繁荣的景象，少昊则每天根据鸟儿的汇报来处理政务，把国家治理得井井有条。

　　为了让百鸟之国更加繁荣昌盛，少昊请年幼的侄子颛顼（zhuān xū）来帮他处理政务。别看颛顼年纪小小，却聪慧过人，他将一切事情都处理得十分出色，深得少昊的赏识。颛顼处理政事勤勤恳恳，十分辛劳。在闲暇时，少昊便会和颛顼一起弹琴取乐。少昊手把手地教颛顼演奏，慢慢地，颛顼也成为一位抚琴高手。

　　一晃几年过去了，颛顼长成了一个高大健壮的青年，他要回去接管自己的国家，不得不和少昊分别了。

　　颛顼走了以后，少昊再也没有抚琴的知音，百鸟们也再听不到那悦耳的琴声了。少昊常常怀念颛顼在的日子，看到那把琴，就会想起颛顼。最后，他只好低声叹了口气，把琴丢进大海里。

　　自此以后，每个有月亮的夜晚，东海上都会飘荡起泠泠的琴声，似是少昊和颛顼在抚琴。

春神句芒

句芒是西方天帝少昊的儿子，他有着鸟的身子和人的面孔，常常穿着雪白的长袍，怀里揣一把规尺，骑着两条神龙出行。

东方天帝伏羲任命句芒去管理春天。由于农业生产是从春天开始的，因此农业也是由他掌管的。句芒主宰天地间所有草木的生长，就连太阳栖息的那棵扶桑树也归他掌管。民间有祭祀句芒、迎接春天的习俗。

句芒既是春之神、农事之神，也是木之神。对于生活在大地上的人来说，句芒还是司命之神，可以给好人增寿。

春秋时期，秦国的秦穆公是一位贤德有为的君主，十分爱惜人才。当时虞国有个叫百里奚的人，很有才干，在虞国灭亡后，他被作为奴隶押送到了秦国。然而百里奚不甘受辱，找机会逃到了楚国，沦为放牛牧马的奴仆。秦穆公听说他的事迹后，不仅没有追究他逃犯的罪责，反而用五张羊皮赎回了他，并拜他为相(xiàng)。在百里奚的辅佐下，秦穆公把国家治理得井井有条。

秦穆公对老百姓也非常仁爱。有一次，秦穆公的一匹骏马走失了，他亲自出城寻找。没想到，当他找到的时候，那马已经被一群饥饿的流民杀掉吃了。那些人得知自己吃了秦穆公心爱的马，心里都害怕极了。可秦穆公不但没生气，反而说："我听说吃了马肉却不喝酒的人，会到处惹事生非。"于是秦穆公又送好酒给他们喝。过了三年，晋国攻打秦国，秦穆公被敌军包围，陷入了绝境。那些吃了马肉的人听说了，纷纷拿着武器赶来，救出秦穆公，帮助他打败了晋国。

东方天帝伏羲知道这些事情后，连连称赞秦穆公，并派句芒去给他赐寿。

那一天，秦穆公正在庙宇里祭拜，句芒突然降临。秦穆公见来了一个怪模怪样的家伙，又惊又怕，转身就要逃跑。句芒微笑着对他说："不要怕，我是司命之神句芒。天帝知道你仁政爱民，特地派我来赐予你十九年的寿命，好让你的国家更加繁荣昌盛。"

秦穆公十分欣喜，连连叩谢。

颛顼的干（gān）戈

自古以来，大人物出生时常常会伴随异象，颛顼作为"五帝"之一，也不例外。

颛顼的母亲叫昌仆，传说有一天晚上，她在梦中看见一道彩虹贯穿日月，扑向她的小腹，顿时觉得浑身暖洋洋的，就笑着从梦中醒来，不久就发现自己怀孕了。

十个月之后，昌仆生下了一个男孩。男孩出生时头上戴着兵器干戈，上面还有"圣德"两个字。昌仆被这奇异的景象吓坏了，赶忙请来部落里的巫师。巫师看过婴儿后，笑着说："这孩子天生不同凡响，长大一定有一番大作为！"原来，在上古时代，干戈是有名的兵器，只有圣德贤良的人才能拥有它。这下子，昌仆夫妻俩开心极了，给孩子起名叫

干 戈

"干"指盾牌，"戈"是一种进攻的武器，"干戈"泛指武器，后来也引申为战争的意思。"化干戈为玉帛"是指由战争转为和平，后引申为重修于好。

颛顼，细心照料他长大。

颛顼很有统治才能，年纪轻轻就在部落中有了很高的威望。

可让颛顼苦恼的是，他的武器干戈并不如想象中那么厉害，一点儿神异的功能也没有。颛顼纳闷极了：不是说干戈是圣物吗？难道我不是圣德之人，所以它在我手里发挥不出威力？

于是，颛顼去向女娲娘娘请教，女娲娘娘微笑着将干戈的使用秘诀传授给他。自此以后，颛顼的干戈就变成了战无不胜的武器。有一次，九黎部落起兵叛乱，颛顼带兵出征，他轻轻挥动干戈，就将对方打得落花流水。

就这样，靠着干戈这对神兵利器，颛顼不仅平定了九黎之乱，在之后的征战中也屡屡获胜，后来更是做了北方的天帝。

小智慧家

战争总是伴随着伤亡，和平是人们永恒追求的目标。你知道什么鸟儿被誉为和平的象征吗？

颛顼死后化鱼

颛顼是黄帝的曾孙，也是上古时期的"五帝"之一。他在位期间勤于理政，仁慈爱民，深受百姓爱戴。晚年时，颛顼突然得了一场大病，躺在床上奄奄一息。

他的儿子愁容满面地坐在病床前，担忧地说："父亲，您一定要活下去啊……"

颛顼艰难地喘了口气，说话也断断续续的："孩子，别……担心，我……我是不会死的，就算死了也能复生……"

"真的吗，父亲？"

"我咽气以后，北方会吹来一阵大风，泉水会喷涌而出。到时候，泉水满溢的地上会出现一条蛇，我将托生到那条蛇身上，从此长生不死。"

儿子牢牢地记住了父亲的话，他紧紧握住父亲的手，静静陪伴在他身边。

没过多久，颛顼的身体突然剧烈地抖动了几下。随后，他缓缓合上双眼，就像睡着了一样。

颛顼的儿子顾不上难过，立刻往外走去。只见野地里狂风大作，泉水被大风吹得四处溢散。突然，不知道从哪里钻出一条又长又粗的蛇，它时不时在水中翻滚，似乎很痛苦。

"**轰隆**！"一声惊雷过后，蛇的身体开始发生变化，蛇头竟然变成了鱼头的样子，接着身子也开始变成鱼身。

随后，怪蛇的上半身渐渐变成人形，而下半身还是鱼尾的模样。

"父亲，父亲！"儿子激动地大声呼喊。

不知是否因为受到了惊扰，怪蛇的变化只进行到一半就停止了，成了半人半鱼的样子。虽然颛顼托生成功，获得了永生，但他再也变不成完整的人形了。最后，他依依不舍地看了儿子一眼，就游走了。

从此以后，人们就把这种半人半鱼的生物叫作"鱼妇"。

刑天舞干戚

　　远古时期，炎帝和黄帝分别是两个部落的首领。他们为了争夺天下，在阪（bǎn）泉展开决战。最终，炎帝吃了败仗，不得不退守到南方。

　　炎帝有个忠心耿耿的部下，叫作刑天。刑天不甘心失败，便一手拿着盾牌，一手提着巨斧，单枪匹马找到黄帝，想与他决一死战。

　　只见刑天猛地举起巨斧，以闪电般的速度砍向黄帝，黄帝则不慌不忙地举起宝剑迎战。两人打了几百个回合，都没有分出胜负。他们斧来剑往，打得地动山摇，天昏地暗，一直打到了常羊山。

　　黄帝本领高强，又身经百战，渐渐占了上风。他看准时机，一剑砍向刑天的脖子。刑天没来得及防备，头就被砍掉了。他的头"咕咚"一下掉在地上，砸出了一

● 干戚："干"指盾牌，"戚"指大斧，"刑天舞干戚"就是刑天挥舞斧头与盾牌战斗的意思。

个大坑。

刑天惊慌失措地扔掉巨斧和盾牌，双手在脖子上面胡乱摸索。他再也顾不上打斗了，一边**哇哇大叫**着，一边在地上寻找自己的头。他的胳膊撞断了树枝，大手捶飞了石头，一时间弄得周围一片狼藉。

黄帝担心刑天找到头恢复原身后，继续和自己作对，就一剑劈向常羊山。只听"轰隆"一声巨响，常羊山裂开了一条大缝，刑天的头一下子滚了进去。接着，大山立即合拢，把刑天的头埋在了里面。

刑天感受着大地的震动，知道自己的头再也找不回来了，胸中的怒火就更旺了。他一把撕开上衣，双手拼命地捶打胸口。突然，他的双乳竟变成了眼睛，燃烧着怒火；肚脐变成了嘴巴，高声怒吼着。他从地上捡起巨斧和盾牌，又向黄帝冲杀过去。

这悲壮的一幕让黄帝十分震惊，他被刑天英勇战斗的精神所感动，没有与刑天再战，而是带着部下撤退了。

从此以后，没有头的刑天就常常凶猛地朝空中挥舞兵器，好像随时准备进攻敌人。人们也永远记住了这位不屈不挠、无惧无畏的战士。

吉神泰逢

有一座神奇的高山名叫"和山"，山上没有花草树木，漫山遍野都是美丽的瑶玉、碧玉等宝石。和山盘旋回转了五层，有九条溪水从山顶流下来，水中夹杂着很多青绿色的玉石，远远望去就像山间有九条蜿蜒的青龙。这九条溪水就是黄河的源头。

有一位叫泰逢的神仙住在这里，他掌管着和山上的一切。

泰逢长什么样子呢？据见过的人说，他长得很像人，身材魁梧，威风凛凛，只是有一点与人不同，他的身后拖着一条长长的虎尾。

泰逢有着强大的法力，能够调动天地灵气，行云布雨。他每次出行时，全身上下都环绕着七彩的光芒，让人眼花缭乱。据说，只要遇到泰逢就会有喜事发生，因此，他也被人们称作"吉神"。

相传在春秋时期，晋平公和盲人乐师师旷一起到野外游玩。晋平公远远看到一辆华丽的马车驶来，接着，从车子上走下来一个人身虎尾的怪人。那人脸上红扑扑的，就像喝醉了酒一样。

晋平公吓了一大跳，连忙把看到的情景告诉师旷，并问："你知道这是什么怪物吗？"

师旷一听就明白了，他喜笑颜开地对晋平公说："大王不必惊慌，我看这个怪人长得很像传说中的吉神泰逢。听说遇到他的人会喜事连连呢。我先恭喜大王了！"晋平公听了，立马上前恭敬地向泰逢行礼问候。

后来，晋国果然连连打胜仗，国土面积不断扩大。人们都说，这是泰逢给晋国带来的福气。

·你说我猜·

两人一组，一人描述某人或某物的外表，另一人猜。比一比谁猜得多。

黄帝降(xiáng)夔(kuí)

传说在遥远的东海上，有一座流波山，山上有一头名叫夔的怪兽。夔长得像牛，但没有角，全身青色，只有一条腿。它平时总是待在山里，偶尔也会去海里玩耍。

夔每次出入海面，都会发出炸雷一般的响声，身上闪耀着夺目的光芒，还会引发狂风暴雨，在海上掀起巨大的波浪。

有一次，黄帝出征时路过东海，看到海上狂风肆虐，暴雨倾盆，海面上有一个巨大的漩涡，漩涡中心站着一头发光的怪兽。黄帝十分吃惊，便询问身后的士兵："那是什么怪兽？"

"看起来像牛！"

"不，我看像虎！"

…………

士兵们七嘴八舌的，都不敢确定。

"你们说的都不对，那只怪兽叫夔！"一个见多识广的人说。

黄帝心想：如果收服了这只神奇的夔，它一定能给我们助威！

于是，黄帝立即命令士兵："给我抓住它！"

夔好像听懂了黄帝的话，突然发出一声雷鸣般的吼叫，浑身射出闪电一样的强光。一瞬间，天地为之变色，士兵们纷纷捂住耳朵惨叫起来。原来，夔的吼声实在太响了，士兵们都忍受不了。

黄帝见夔这么厉害，更想抓住它了。他派勇士划船去抓夔，可士兵们一靠近，夔就钻进海里，海面上一下子就变得风平浪静。当夔再从海里钻出来时，海面上就又会掀起暴风雨。

黄帝十分惊奇，就不断派出一批批的勇士和夔激战，最后总算把它抓住了。

"这怪兽的吼声如此嘹亮，如果用它的皮来做鼓，一定能发出最响亮的声音！"

于是，黄帝命人把夔的皮蒙在大鼓上。然后，他又命人去雷泽捉来雷兽，用它身上最长的一根骨头做成了鼓槌。

"咚！咚！咚！"

黄帝拿起鼓槌，敲了几下夔皮大鼓。大鼓发出震天

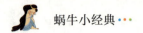

响声，简直要把人的耳朵震聋。

从此，黄帝每次出征，都会敲响夔皮大鼓。当黄帝和蚩(chī)尤交战时，黄帝就命人敲起了夔皮大鼓。

就这样，黄帝带着夔皮大鼓南征北战，征服了不少部落。

黄帝战蚩尤

蚩尤是上古时期九黎部落的首领。他牛首人身，身材高大魁梧，头上有两只坚硬的角，两鬓的头发像刀剑一样直竖着。

蚩尤骁勇善战，被人们称作"战神"。他原本是黄帝的臣子，后来征服了山林水泽里无数的妖魔鬼怪，势力越来越强大，便想取代黄帝，统领天下。

蚩尤率领手下向黄帝发起了进攻，双方在涿(zhuō)鹿展开了一场惊天动地的生死之战。

为了击败蚩尤，黄帝首先召来虎、熊等凶猛的野兽。可是，蚩尤的部下都是半人半兽的鬼怪，寻常野兽根本不是他们的对手。黄帝的大军被打得节节败退，四散而逃。

后来，黄帝重新整顿军队，派出应龙降下暴雨，想用水淹没蚩尤的军队。蚩尤急忙请来风伯、雨师。他让风伯吹转了雨的方向，接着又让雨师向黄帝的军队降雨。

眼看就要被打败了，黄帝赶紧让女儿魃（bá）前来助阵。魃是旱神，有一种特别的本领，她走到哪里，哪里就会发生干旱。因此，她一出现在战场上，暴风雨就停止了。

蚩尤不甘心失败，于是在战场上布下了漫天大雾，想借浓雾的掩护袭击黄帝。黄帝带着军队在浓雾里转来转去，迷失了方向，正发愁的时候，风后急匆匆地赶来了。

风后胸有成竹地对黄帝说："天上的北斗星永远指向北方，我们也可以制造一种指明方向的工具。"

黄帝非常高兴，立刻命风后去制造工具。风后不负黄帝的期望，很快找来磁石，将磁石固定在一辆战车上，制造出了指南车。靠着指南车辨明了方向，黄帝很快就破了蚩尤布下的迷雾阵。

从浓雾中出来后，黄帝命人敲响了夔皮大鼓。鼓声响彻天地，黄帝的士兵们听了，顿时军心大振。他们奋勇向前，打得蚩尤节节败退，最终活捉了他。

黄帝给蚩尤戴上了沉重的枷锁，还砍下了他的头。一代战神蚩尤就这样死了。随后，众人把他身上的枷锁取下，随手丢在了荒山上。

不知道过了多长时间，丢弃枷锁的地方长出了一片枫树林，成片的枫叶鲜红如血。人们都说，这是蚩尤的鲜血染红的。

女神旱魃

大荒中有一座系昆山，山中住着一位名叫魃的女神。魃是黄帝的女儿，她的体内储存着大量的热量，凡是她待的地方，方圆百里滴水不留，干旱异常，因此人们都不喜欢她。

黄帝和蚩尤为了争夺天下，在涿鹿展开决战，然而打了几天几夜也难分胜负。蚩尤手下的妖魔发出能迷惑人心的魔音，黄帝派出大将应龙迎战，应龙发动滔天洪水，想冲垮蚩尤的军队。

但是，蚩尤很快请来风伯和雨师助阵，他们利用狂风暴雨，转眼间就把应龙打败了。

蚩尤得意极了："黄帝，你的计谋都被我识破了，还不趁早投降？"

黄帝愁眉不展，不知道该怎么办才好。这时，他突然灵机一动，想到了自己的女儿——魃，于是赶紧让她前来助阵。

　　魃为了帮助父亲，从系昆山日夜兼程赶到涿鹿。她一上战场，就全力释放身体里的热量，将风雨驱散。战场上的气温逐渐升高，任凭风伯和雨师如何呼风唤雨，都敌不过魃的干旱之力。蚩尤的将士们都感到十分惊异。应龙抓住机会，立刻领兵冲过去，一举击败了蚩尤的大军。

　　支持黄帝的人们纷纷欢呼起来，庆祝胜利。然而这时，魃却无力地瘫倒在地。原来，为了打败风伯雨师，她已经耗尽了所有的力气，再也无法回到天上了。

　　从此，魃就在人间四处游荡，她来到哪里，哪里就滴雨不下，河道变得干涸，田野也逐渐荒芜。百姓饱受干旱的折磨，于是给她起了个外号——旱魃，还天天埋怨说："这该死的旱魃太可恶了，快滚开！"魃十分无

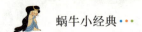

奈，只得继续流浪，同时也把干旱带到了更多的地方。

黄帝听说了这件事，便让女儿搬到赤水北面居住，远离人群。

魃泪流满面地说："父亲，连您也要赶我走吗？"

黄帝不舍地说："我也不想赶你走，可是，你到哪里，哪里就遭受大旱，滴雨不下，百姓没法生存啊！你还是到没人的地方去生活吧。"

魃只能离开了。不过，她习惯了在人间游走的生活，因此有时还是会偷偷离开赤水北面，到人间闲逛。但无论她走到哪里，都会遭到人们的驱赶。人们还会举行驱逐她的仪式，希望她老老实实地待在赤水北面。

小作家

我们生活在科技发展日新月异的时代，请你设计一个房子，让旱魃女神舒舒服服地住在里面吧！为此，你会在房子里安装什么特殊功能的装置呢？

雨神应龙

在茫茫大荒的东北，耸立着一座巍峨的高山，名叫凶犁土丘。雨神应龙就住在这座山的南边。应龙的样子和普通的龙差不多，都有修长的龙身和威武的龙爪。不过与其他龙不同的是，它的背上还长着一对硕大无比的翅膀，飞起来快如流星。

应龙是黄帝手下的一员大将，擅长行云布雨。当年黄帝大战蚩尤的时候，应龙将蚩尤的军队打得节节败退，立下了大功。

后来，蚩尤请来风伯和雨师助阵，把应龙布的雨都吹到了黄帝军中。应龙虽然能布雨，却没法让雨停止，黄帝的将士们就遭了殃。幸亏女神魃及时赶来，她散发的巨大热量驱散了狂风暴雨，黄帝这才战胜了蚩尤。

应龙多年来南征北战，立下了赫赫战功，但也因此耗尽了神力，无法再回到天宫。于是它只好跑到南方，在山泽中蛰居起来，有人说，这就是南方地区经常下雨

世界雨极

在低谷地形和印度洋上的季风水汽影响下，喜马拉雅山南麓的乞拉朋齐成了世界上降水最多的地方。1861年，它的年降水量达到20447毫米，由此夺得世界"雨极"的称号。

的原因。

北方干旱少雨，人们就常常抬出泥塑的应龙神像来祭祀祈雨。天上的云神、雷神等远远看见应龙的塑像，以为雨神驾到，便前呼后拥赶来迎接，大雨很快就下起来了。

大禹治水的时候，看着万顷良田都沉在浩淼水波下，不禁苦恼地皱起了眉头。虽然他懂得治水的方法，但洪水淹没的范围实在太大，一时之间也不知该从何下手。

这时，应龙出现了，它自告奋勇对大禹说："治水是造福百姓的大好事，我愿意为您前去探查地形、疏导水路。"

大禹高兴极了，立马请应龙去探查情况。

应龙腾空而起，一会儿飞到高空俯瞰(kàn)，一会儿飞临水面近距离观察，一会儿又潜入水下研究地面的情形。在探清地形之后，它把尾巴在地上使劲一甩，划出一道线。大禹就按照这条线，逢山开路，遇水挖沟，最后终于成功疏导了洪水。

嫘(léi)祖养蚕

　　黄帝战胜蚩尤后，建立了部落联盟，他被推选为部落联盟的首领。

　　成为首领后，黄帝就每天带领大家发展生产，驯养动物，制造农具，致力于改善百姓的生活条件，而制作衣裳这种比较轻巧的任务，则交给了他的妻子嫘祖。

　　嫘祖每天带领妇女们上山剥树皮，织麻网。男人们捕回来许多野兽，她们就把野兽的毛皮剥下来。树皮和毛皮处理好之后，妇女们就把它们缝制成衣服、鞋子和帽子。

　　不久，部落里的人就都穿上了合适的衣裳和鞋子。大家都很感激嫘祖，而她却因为操劳过度病倒了，什么东西也吃不下，身子一天比一天消瘦。大家看在眼里，急在心里。几个妇女聚在一起商量了一会儿，决定上山采摘点新鲜果子给嫘祖吃。

　　第二天一早，妇女们就上山了。她们走遍了整座

山，但摘到的野果不是太苦就是太酸，实在不能入口。眼看天就要黑了，可还是没摘到好吃的果子，大家都十分沮丧。

这时，其中一个人突然高声喊了起来："快看，那边的小白果真漂亮！"大家顺着她手指的方向望去，只见河沟旁有一片桑树林，桑树上结满了雪白的小果。她们以为找到了上等的果子，都很高兴，迫不及待地采摘起来。

直到天黑回到部落，她们才拿出小白果，放进嘴里尝了尝，这才发现：这些圆滚滚的果子不仅咬不烂，而且放进嘴里也没什么味道。一位大臣听说后，提议用水煮一煮试试。于是，妇女们急忙拿来瓦罐，把小白果放进瓦罐里煮起来。

可是煮了好久，小白果还没有煮烂。有个妇女急了，拿起一根细木棍，在瓦罐里使劲儿搅拌起来。搅了一会儿，她把木棍抽出来，发现上面竟然缠着许多白丝线。那丝线比头发丝还细，有人好奇地拉了拉，发现丝线很有韧性。

这件事很快传到了嫘祖那里，她连忙让人把她扶到瓦罐旁。嫘祖仔细地观察了瓦罐里的小白果和缠在木棍上的白丝线，脸上露出了欣喜的笑容，说："这果子虽然不能吃，却可以派上大用场。它们煮出来的丝线很结实。如果把这种丝线织成布，就可以做出漂亮又耐穿的衣服了。"

更神奇的是，嫘祖见了这些白丝线后，病情竟慢慢减轻了，身体一天天好了起来。

不久，嫘祖便跟随妇女们来到了那片桑树林。嫘祖发现，那些"小白果"原来是树上的虫子吐丝结成的。于是，嫘祖给这些虫子取名叫"蚕"，给这些"小白果"取名叫"茧"。

后来，在嫘祖的带领下，人们开始养蚕，并且学会了用蚕丝制作衣物。为了纪念嫘祖的功绩，大家都尊称她为"先蚕娘娘"。

小科学家

蚕丝是历史悠久的纺织材料。你身边有蚕丝制品吗？摸一摸，然后说说蚕丝与其他纺织材料的区别。

蚕马献丝

关于蚕丝的神话故事还有另一个版本。黄帝在涿鹿战胜蚩尤以后，大摆宴席款待功臣。他们开怀畅饮，一边品尝美味佳肴，一边欣赏优美的舞乐，欢快不已。

突然，从半空中缓缓飘下一位女子。她的样貌十分奇怪，背上披着一张马皮，手里还捧着两把细丝，一把金灿灿如金子一般，一把亮闪闪如银子一般。只见她款款上前，将两把细丝献给黄帝，说："我是蚕神，今日特意献上珍贵的蚕丝，祝贺您凯旋！"

众人第一次看到细腻顺滑的蚕丝，有的目瞪口呆，有的则忍不住拍手叫好。

这蚕神原本是一位普通的小姑娘。有一次，她的父亲外出远行了很长一段时间，姑娘十分想念父亲，便随口对马棚里的公马开玩笑说："马儿啊，你要是能帮我把父亲接回来，我就嫁给你，给你当妻子。"谁知，马儿听到这话以后，竟奋力挣脱缰绳，冲出马棚，飞驰而去。当它回来的时候，背上还驮着姑娘的父亲。

原来，父亲看到马来找自己，以为家里出了什么大事，就慌忙赶回来了。女儿告诉父亲，只是自己想念他罢了，谁知这匹马儿竟真的把父亲接回家来了。父亲觉得这匹马通人性，便待它比以前更好了。然而马儿却变得闷闷不乐起来，只有见到小姑娘走过来时，才又跳又叫，十分奇怪。

父亲对马儿的变化感到疑惑，女儿就把自己开玩笑说要嫁给马的话告诉了父亲。父亲气恼极了，他决不会让一匹马做自己的女婿。于是，父亲把马杀了，还剥下它的皮晾晒在院子里。

有一天，父亲外出了一趟，小姑娘在家中无所事事。她来到院子里，一边用脚踢马皮，一边大声说："让你痴心妄想！现在受到惩罚了吧！"没想到，小姑娘的话音刚落，那马皮忽然从地上跳跃起来，将她紧紧包裹住，瞬间就奔向门外，消失在茫茫原野上。

父亲回到家后，发现女儿不见了踪迹，便到处寻找。找了好几天后，他终于在一棵大树的枝叶间发现了她。此时，小姑娘的身体被马皮紧紧裹住，成了一条蠕蠕而动的蚕。只见她慢慢摇动那像马一样的头，又不时从嘴里吐出一根根金光闪闪的长丝，并把丝缠绕在树枝上。原来，这个小姑娘成了蚕神，她生活的树就是桑树。

黄帝命人将蚕神送来的蚕丝做成衣服，穿在身上又轻又软，就像披着云雾一样。黄帝的妻子嫘祖对蚕丝非常感兴趣，她开始尝试自己养蚕，精心养护蚕宝宝，并摸索出了一套养蚕缫(sāo)丝的方法。

后来，大家纷纷跟着嫘祖学习养蚕。从此以后，全天下的百姓都能穿上舒适的蚕丝衣服了。

蚕的一生

蚕的一生可以分为卵、幼虫、蛹和成虫四个阶段。刚从卵里孵化出来的蚕宝宝长得黑乎乎的，后来就慢慢变成白色的肉虫，接着便吐丝、结茧变成蛹，最后破茧而出变成蛾，开始新一轮循环。

小探索家

你有没有见过或养过蚕？说一说你了解的蚕的知识，越多越好。

方雷氏和梳子的故事

方雷氏是黄帝的一位妃子，她美丽又聪慧，十分受人敬佩。

在嫘祖将养蚕的技艺传授给众人以后，方雷氏尝试在一些很小而尖锐的骨头的尾部打洞，再把丝线穿过去，用来缝补衣服，骨针就是由此发明出来的。

当时，有一件烦心的事情一直困扰着方雷氏。原来，那个时候的人们只能用手来打理头发，大家见面时总是顶着一头乱蓬蓬的长发。因此，每当遇到重大节日、祭祀或庆典，方雷氏总要把身边的二十个侍女叫来，将她们的头发一一捋顺拉直，好让她们看起来清爽些。

有一年，他们居住的地方发了大洪水，擅长造船驾舟的狄货从洪水中捞回十九条比人的胳膊还粗的大带鱼。回到部落后，他将这些大带鱼交给了方雷氏。方雷氏用火把大石板烧热，将这些鱼放在石板上烤。过了一会儿，诱人的香味飘散开来——鱼烤熟了。

狄货早就饿坏了，他一口气吃了三条鱼，吃剩的鱼骨鱼刺就扔在一旁。方雷氏随手拣起一段鱼骨，折了一节，拿在手里细细赏玩，觉得颇为有趣。

她顺手把鱼骨放在自己蓬乱的头发上划拉，没想到，鱼骨插进头发里，竟然把发丝分得清清楚楚。方雷氏又惊又喜，不停地用鱼骨在发间上下滑动，很快，一头蓬乱的头发竟变得整整齐齐了。方雷氏想要好好利用这些带鱼的刺，就将它们全都收藏起来。

第二天一大早，方雷氏把带鱼骨折成一段段较短的小节，然后将侍女们都喊了过来，给她们一人发一节鱼骨，并教授她们如何梳头发。然而，有的侍女因为用力过大，鱼骨刚扎进头发就被折断了；有的觉得这还不如用手指梳理头发方便……一开始，大家都不喜欢用鱼骨梳头。

不过，方雷氏并没有放弃。她又细细琢磨，究竟用什么东西才能更好地代替带鱼刺呢？她日思夜想，为此绞尽脑汁。

后来，方雷氏遇见木工睡儿。她灵机一动，让睡儿仿照带鱼骨的形状和大小，做一个木头鱼刺。

过了几天，睡儿把做好的木鱼骨拿来给方雷氏看。可方雷氏一见，就笑得直不起腰来。她说："这刺比手指头还粗，简直像耙地的耙子，怎么能用来梳头发呢？"

　　睡儿明白了方雷氏的用意，于是回去继续研究。他发现，靠当时的木工水平很难在木头上做出细密的齿，便灵机一动，把材料改成竹子。这一次，方雷氏非常满意，她一拿到有细密梳齿的竹梳子，就立刻上手使用起来。

　　梳子就这样诞生了。此后，人们使用梳子整理仪表的时代就开始了。

小工匠

　　梳子的发明过程原来这么有意思啊！其实除了鱼骨、木头和竹子，还有很多东西也能用来制作梳子，你知道有哪些吗？

仓颉(jié)造字

相传，仓颉是黄帝手下的一名小官，负责管理部族的牲口和粮食。仓颉很聪明，做事也很认真，能把牲口和粮食的数量都记得一清二楚。

时间久了，仓颉要管理的牲口和粮食越来越多，光靠脑袋根本记不住。当时还没有文字，也没有纸和笔，记录是一件非常困难的事情。

很快，仓颉想出了一个办法：用不同颜色的绳子代表不同的牲口和粮食，然后在绳子上打结表示数量。数量增加了几个，他就在绳子上打几个结；数量减少了几个，就解开几个结。这样，仓颉管理起东西来就方便多了。

后来，仓颉又想到了更方便的办法：在绳子上打圈圈，再在圈里挂上各种各样的贝壳，每增加一个东西就加一个贝壳，减少一个东西就拿走一个贝壳。依靠这种方法，仓颉把粮食和牲口管理得井井有条。

　　黄帝见仓颉这么能干，就把更多的事情交给他管理，比如记录祭祀的次数、猎物的分配、部落人口的增减等。这下仓颉又犯愁了：这么多事情，挂贝壳太麻烦了，怎样才能更方便地记录呢？他想了很久，始终没想出什么好办法来。

　　这天，仓颉外出打猎，走到一个三岔路口的时候，看到几个猎人在争执。

　　一个猎人指着东边的路说："我们往东走，那边有羚羊。"另一个猎人却摇摇头说："往北走，前边不远就有鹿群。"第三个猎人不同意，说："听我的，往西走，别让老虎跑了。"

　　仓颉疑惑极了，赶紧上前询问："你们怎么知道哪个方向有什么野兽呢？"其中一个猎人指着地面说："你看，是野兽的脚印告诉我们的。"

　　仓颉恍然大悟，心中突然冒出了一个主意：不同的脚印代表不同的动物，那我是不是可以用不同的符号来表示不同的事物呢？

　　仓颉连忙跑回家，他仔细观察需要记录的物品，再根据它们的形状画出相应的符号。就这样，最初的文字诞生了。

黄帝乘龙升天

经过连年的战争，黄帝终于打败了蚩尤，让百姓过上了太平日子。随后，他还发明了舟车、历法、算术等实用的工具和技艺，让大家的生活越来越便利。百姓都对黄帝的功德赞誉有加。

为了记录这些功德，黄帝发明了象征权力的鼎。他命人从首山采来铜矿，在荆山山脚下铸造青铜鼎。

能工巧匠们接到任务后，日夜劳作，终于把第一只鼎造好了。黄帝十分高兴，带着所有臣子来到荆山山脚下，一起观赏这只大鼎。

只见这只大鼎周身闪耀着金色光芒，庄严地立于天地之间。正当人们为之惊叹、欢呼的时候，一条巨龙盘绕着从天而降。它铜铃般的眼睛威严地扫视着人们，长长的龙须在风中轻轻摆动，金光闪闪的龙鳞就像一片片灿烂夺目的宝石，闪得人们睁不开眼睛。

黄帝和臣子们都惊得目瞪口呆。只见金龙慢慢落下，最后竟停在了黄帝面前，对他说："黄帝，你造福百姓，功德无量，天帝特派我来接你上天，快跟我一起去面见天帝吧！"

黄帝听了十分高兴，他点点头，爽快地跨上了龙背，然后对惊异的群臣喊："我奉命升天面圣，你们要多多保重，再会了！"

眼见金龙载着黄帝就要飞走，臣子们都十分不舍。他们争先恐后地扑过去，一个个抓住龙须不放，想爬到金龙身上，跟着黄帝一起上天。

"带我们一起走吧！"众人手抓脚攀，甚至把金龙的龙须都拉断了。金龙被触怒了，它怒吼一声，身子一扭，尾巴一甩，就把众人给甩了下去，然后带着黄帝飞进了云雾中。臣子们只能眼睁睁地看着黄帝升天而去。

那些被拉断的龙须呢？据说，它们掉到地上后化作了龙须草，四处生长着。人们看到龙须草，就会想起乘龙升天的黄帝。

夸父逐日

　　很久以前，在北方生活着一个巨人族。巨人族的首领名叫夸父，是个英勇无比的**大力士**。夸父的肩膀像山峦一样巍峨宽阔，双腿像大树一样粗壮有力，再凶猛的野兽都是他的手下败将。

　　有一年夏天，天气非常热，火辣辣的太阳炙烤着大地，土地都龟裂了，很多庄稼都枯死了。人们受不了酷热和干旱，一个接一个地倒下了。

　　夸父看到族人接连倒下，心里非常难过。他决定抓住太阳，让它听从自己的指挥，不再祸害人间。可当他把这个想法告诉族人时，大家都非常吃惊，劝他不要去："太阳离我们这么远，你怎么可能追上它呢？"

　　夸父坚定地说："只要我不停地跑，就一定能追上它！"说完，他便抓起手杖，迈开大步去追太阳。

　　太阳在天空中移动，夸父在地面上追。他翻过了高

● 龟(jūn)裂：指裂开密集而不均的缝隙。经常用来形容土地、皮肤等。

山，越过了河流。他跑过的地方，大地都在颤动。夸父不停地追啊追，路过了许多村庄。人们见到一个巨人追着太阳跑，都偷偷地笑话他："看啊，这个人竟然想追赶太阳！"

不管人们怎么说，夸父始终没有停下追逐太阳的脚步。他饿了就摘点果子吃，渴了就捧点河水喝。一天又一天，眼看着离太阳越来越近，夸父高兴极了，他终于要抓住太阳了。

可是，越靠近太阳就越热，夸父被晒得汗流浃背、口干舌燥。他实在是太热、太渴了，只好跑到黄河边，一口气喝干了黄河的水。即使是这样，他还是觉得不解渴。于是，他又跑到渭河边，把渭河的水也喝干了。可是，他还是很渴。

夸父想了想，转身向北方跑去。那里有一个绵延千里的大湖，里面的水一定能让自己喝个痛快！可是，夸父实在是太渴太累了，才跑到半路，他就坚持不住，瘫倒在地上，永远地闭上了眼睛。

第二天早晨，当太阳升起时，夸父庞大的身躯已经变成了一座高山，掉在身旁的手杖则变成了一大片桃林。那片桃林非常茂盛，不仅能为行人遮挡阳光，还能结出鲜甜多汁的桃子，供人们解渴呢。

农神后稷(jì)

　　远古时期，人们还不会种植庄稼，全靠打猎为生，经常为填饱肚子而发愁。一直到后稷出现，教会了人们种植五谷，人们这才有了稳定的食物来源。后稷因此被尊称为"农神"。

　　后稷的母亲名叫姜嫄(yuán)。相传，姜嫄在野外踩到了巨人留下的脚印，回来后就怀孕了。十个月后，姜嫄生下了一个男孩，她认为这孩子是妖怪，就把他扔在一条小巷里。奇怪的是，经过小巷的牛、马都自觉地避开了婴儿，不去踩他。

　　于是，姜嫄又把婴儿扔在了结冰的河面上。这时，天上的鸟儿飞了下来，用翅膀遮盖着他，给他温暖。姜嫄觉得，可能是上天在保佑这个婴儿，于是就把他抱回家，并给他取名叫"弃"，抚养他长大。

　　弃长大以后，看到人们常常饿肚子，感到非常难过。他很想为人们做点事儿，可除了摘野果和打猎，他不知道还能从哪儿得到食物。

有一年冬天特别冷，连野兽都很少出来，人们打不到猎物，只好一边打着哆嗦，一边到雪地里去挖秋天落下的野果吃。挖野果的时候，细心的弃发现，有些野果掉在地上后裂开了，露出了里面的种子。

第二年春天，弃惊讶地看到，那些种子掉落的地方竟然长出了嫩绿的小苗！

"啊，原来种子落在地里，到春天就会发芽！那么几年后，不就能结出果实了吗？"

想到这儿，弃十分高兴，他终于知道怎么让人们远离饥饿了！于是，他开始寻找各种能吃的植物的种子，并将种子埋在自己家门口。

经过多年的尝试，弃发现谷物最适合种植，因为谷物每年都能获得收成，可以满足人们日常的食物需求。

他还发现了植物生长与天气、土壤之间的关系。弃努力钻研，很快就成了种植谷物的能手，他还毫无保留地把自己的经验传授给了百姓。

为了让百姓们能更好地学习种植经验，弃还专门设置了"教(jiāo)稼台"。每当弃要传授种植知识时，人们都会高兴地奔走相告。大家纷纷来到"教稼台"前，有的站着，有的坐着，都仰着头认真听弃的讲解。弃为了让人们听得更明白，经常画图来说明。讲到重要的地方，他还会亲自下台示范。百姓都被弃精彩的讲解感染了，时不时鼓掌叫好。

日子一天天过去，弃除了教百姓种庄稼，还带着他们改造农具，挖通渠道灌溉农田。秋天到了，他们迎来了大丰收，收获了很多的粮食。大家都非常感激弃，纷纷传颂起他的功德来。

弃的美名越传越远，最后传到了帝尧那里。帝尧非常欣赏弃，便请弃来做农师，让他教授各个部落的人耕种农作物。渐渐地，越来越多的人学会种庄稼了，人们再也不用担心饿肚子了。

后来，为了表彰弃的功德，帝舜把邰(tái)城封给了他，并赐他封号"后稷"。

司法始祖皋陶（gāo yáo）

皋陶是上古三皇五帝中五帝之首少昊的后裔。他为人正直，因此被舜任命为掌管刑法的"理官"，专门负责氏族政权的刑罚、监狱和法治。

他制定了我国第一部关于律法的典籍——《狱典》，罗列偷窃、抢劫、奸淫、杀人等多项罪行，并根据每种罪的轻重程度，制定了不同的量刑标准。《狱典》拟定好后，皋陶把它刻在树皮上，呈给舜。舜看了以后非常赞同，便让皋陶照此办理。

后来，皋陶在掌管司法时，还开创了"画地为牢"的处罚措施，就是在地上画个圈，令犯错的人待在里面，没有许可不准出来。这是最初监管犯罪之人的囚禁场所，最早的监狱。因此皋陶被后世尊为"狱神"。

此外，皋陶还使用一种叫獬豸（xiè zhì）的独角兽来断案。獬豸也称"直辨兽"，是古代传说中的异兽，外形有点像山羊，黑毛，四足，只有一只角。它很有灵性，

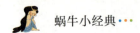

可以分辨曲直、确认罪犯。每当人们有冲突矛盾或产生纠纷时，獬豸总是能迅速判断出缺理的一方，并用角指向他，甚至会用角将罪该万死的人顶死，令犯法者不寒而栗。

史书上记载，皋陶掌刑的时候，天下既没有虐刑，也没有冤狱。每当皋陶开始查案，那些犯了罪的人都闻风丧胆，要么逃之夭夭，要么小心地藏起来，不敢再兴风作浪。于是，有他在任的日子里天下就很安定。

· ·· 小演说家 ···

无论在哪个国家，无论什么朝代，法律的诞生和完善都要经历一个相当漫长而曲折的过程。你认为法律对我们的生活有哪些作用和意义？

重(chóng)明鸟

尧是我国上古时期伟大的首领之一，在他的带领下，部落各项事务井然有序，民众生活幸福，尧也因此赢得了很高的威望。

在尧晚年时，有一天，祇(zhī)支国派遣使臣向他的部落进贡。使臣捧着一个用布罩着的笼子走到尧的面前，说："这是我部敬献给尧帝的珍宝，可以驱妖逐魔。"

听到使臣这么说，尧和大臣们都对这个珍宝十分好奇。尧立刻命人取下盖在笼子上的罩子，原来，笼子里装着一只奇异的鸟儿。这只鸟比鸡大一些，翅膀上的羽毛都掉光了，光秃秃地耷拉在身体两侧，非常难看。

大家见了，忍不住纷纷议论起来，有人甚至大声呵斥使臣，认为他们随便捉了只鸟儿来糊弄尧。

尧却认为，既然使臣远道而来进贡这只鸟，说明它肯定有奇异之处。于是尧问使臣："既然你说这只鸟儿是珍宝，那它有什么奇特之处吗？"

"这只鸟儿叫重明鸟，它有两只眼睛，每只眼里都有两个眼珠，鸣声如同凤凰，且力大无穷，所有的妖魔鬼怪见到它都会退避三舍。它是难得的灵鸟，因此我部首领特地将它进献给您。"

众人见重明鸟站在笼子里，样子丑陋，都对使臣的话半信半疑。于是尧又问："这只重明鸟连羽毛都没长齐，怎么驱妖逐魔呢？"

正当使臣准备回答时，重明鸟仿佛听懂了尧的质疑，它突然引吭（háng）高歌起来，似乎是要用嘹亮的歌声打消尧的疑虑。接着，它竟然扇动两只肉翅，一下子冲出笼子，腾空而起，绕着大殿飞了一圈又一圈。宫殿附近的凤凰和其他鸾鸟听到它的歌声，也纷纷唱和起来，一时间大殿内外鸟鸣声四起，谱成一首和谐悦耳的乐曲。

人们见此情景，终于相信了使臣的话。忽然，重明鸟通过窗户飞出了宫殿！大家都紧张地大喊："跑了！它跑了！"使臣笑了笑，说："不必担心，它是不会随意乱跑的，待会儿就会回来。"

果然，过了一会儿，重明鸟又自己飞回来了。殿外站岗的侍卫报告，空中有无数鸟儿向北方飞去。大家仔细一瞧，原来都是鸮（xiāo）、鸱（chī）之类的恶鸟。使臣笑着解释说："这是它们听见了重明鸟鸣叫，要离开此地呢。"

尧问使臣："为何它没什么羽毛呢？"

"重明鸟的羽毛经常更换，现在正在换毛期，所以才会这样。"

尧点点头，又问："那重明鸟平时都吃些什么呢？"

使臣回答："重明鸟在野外吃什么食物，臣等并不知晓。不过，若是人工饲养，则必须每日以上好的肉食供养它。"

尧听后摇了摇头，对大臣们说："如果要每天以美味肉食来饲养它，未免太过奢侈了。再说，重明鸟是灵鸟，如果用笼子把它困住，那它也太受委屈了。我看还是让重明鸟自由飞翔才好。"

大臣们听了以后，纷纷表示赞同。于是，尧命人将重明鸟放归山林，并下令任何人都不得捕杀伤害它。

重明鸟被放归山林之后，很快将那里的虎豹豺狼等害人的猛兽都驱逐殆尽。而且，从此以后，不管哪里遭受妖魔鬼怪的侵害，只要重明鸟一出现，那里就能立刻恢复清平。

尧禅位于舜

　　尧是上古时期一位贤明的君主，他非常关心百姓疾苦，深受百姓爱戴。尧年老的时候，决定选一个继承人，来代他治理国家。于是，他把大臣们召集到一起，询问道："谁最适合继承我的帝位呢？"

　　"您的儿子丹朱非常聪明，可以担当重任，您应该把帝位传给他。"

　　尧叹了口气，说："丹朱虽然聪明，但生性顽劣，担当不了重任。"

　　尧让四方诸侯推举合适的继承人人选，大家一致推举了舜："舜是个贤良的人，不仅才干过人，而且非常孝顺，人人都在称颂他的贤德。"尧听后，决定亲自去考察考察他。

　　这天，尧来到历山一带，向人打听舜的住处。一个农夫说："舜正在耕田呢，你往前走，很快就能看到他

_____

● 禅(shàn)位：指君王将帝位让给别人。

家的田地了。"

尧顺着农夫指引的方向，来到了一片农田边，只见一个身材魁梧的青年正在耕田，但他犁田的方式与别人不同，他的犁前有一头黑牛和一头黄牛，犁辕前还挂着一个簸箕(bò ji)。

尧站在田边观察了好一会儿，发现这个青年犁田时从不鞭打牛，而是隔一会儿就敲一下犁辕上的簸箕，然后吆喝一声。尧觉得奇怪极了，忍不住问他："大家耕田的时候都习惯用鞭子打牛，你为什么只敲簸箕而不打牛呢？"

青年行了个礼，回答："牛耕田已经很辛苦了，我怎么忍心再鞭打它们呢？我敲打簸箕，黑牛以为我在打黄牛，黄牛以为我在打黑牛，就都卖力拉犁了。"

尧听后，觉得他不仅聪明，而且很善良，便问他叫什么名字。结果发现，原来这个青年就是他正在寻找的舜。尧心想，舜对牛都这么有爱心，一定也能爱护百姓。

尧又问了舜一些治理天下的问题，舜都回答得很好。后来，舜又顺利通过了尧的种种考验。尧对舜的表现很满意，于是把帝位禅让给了他。

丹朱化鸟

在遥远的柜山中，有一种象征不吉利的怪鸟，叫作鹁(zhū)。鹁长得很像鹰，但爪子和人的手差不多。它会发出"鹁鹁鹁"的叫声，只要听到这叫声，人们就知道，又有贤德之人将要被放逐了。

传说，鹁的原名叫丹鹁，是由尧的儿子丹朱变化而来的。丹朱生性顽劣，性格暴躁，喜欢四处游玩，稍有不顺心的事情就会大发脾气。久而久之，人们都很害怕他。

尧是上古时期一位圣明的君主，他年老的时候，知道自己没有精力继续治理国家了，于是打算选定一个继承人。他将臣民们召集过来，问大家："你们觉得，谁能继承我的帝位呢？"

"您的儿子丹朱非常聪明，又是长子，我认为您应该把帝位传给他。"有人建议道。

尧叹了口气，说："丹朱虽然聪明，但生性顽劣，担当不了重任。"

尧让四方诸侯推举合适的人选，并对每一个候选人进行仔细的考察。有许多人推荐了一个名叫舜的小伙子，说他才干过人，孝顺父母，颇有贤德，能够担当大任。

于是尧花了三年的时间去考验舜，觉得他很不错，就把自己的女儿娥皇、女英嫁给他做妻子，继续考验他。最终，舜顺利地通过了考验，尧十分满意，对他说："你是最适合当帝王的人！"

尧把帝位禅让给了舜，但他担心丹朱对此不满，趁机闹事，于是命令丹朱搬到南方去做诸侯，远离帝都。丹朱听说以后，果真非常生气："我是尧的儿子，帝位理应传给我！舜一个外人竟然敢抢我的位置！不行，我一定要把帝位夺回来！"

当时，南方有一个叫三苗的部落，三苗首领和丹朱关系很好，听到丹朱没能继承帝位，很同情他，表示愿意帮助他夺回帝位。最后，三苗首领和丹朱商量好，准备起兵造反。尧对此感到非常愤怒，立刻派兵打败了丹朱和三苗的人马，然后把他们流放到南方丹水流域。

流放到了南方，丹朱和三苗首领还是不服气，他们积蓄力量，又向帝位发起了挑战。这一次，尧亲自带兵前往，和舜一起夹击丹朱。丹朱的人马节节败退，一

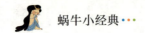

直退到南海边。

　　眼见身后就是茫茫大海，丹朱知道，自己这一次真的是走投无路了。但他不愿束手就擒，而是怀着满腔怨恨，纵身跳进了南海。

　　丹朱怀着怨恨死去，化成了一只怪鸟。它从白浪间飞出来，发出"鹈鹈鹈"的哀鸣，来诅咒世间贤良之士，企图通过这种方式来扰乱国家朝政。

· 小记忆家 ·

　　在前面的故事中，也有一个神话人物化成了鸟，你还记得她是谁吗？讲讲关于她的故事吧！

泪洒斑竹

　　娥皇、女英是尧的两个女儿，她们聪明美丽，十分贤惠。尧晚年时，见舜为人贤良、有孝德，想让舜做他的继承人，就把娥皇和女英嫁给他，来考察他的品德与才能。

　　后来，舜继承了帝位，勤政爱民，特别关心百姓疾苦，大家都非常敬爱他。娥皇和女英都非常理解舜的事业，三人相处得十分和睦，日子过得很幸福。

　　有一年，舜听说南方战乱不断，百姓生活在水深火热中，便决定前往南方平息战乱，解救苦难的百姓。娥皇和女英虽然很舍不得丈夫出远门，但一想到百姓正在遭受苦难，她们还是强忍住不舍，细心整理好行囊，送舜远行。

　　舜走后，娥皇和女英便开始了漫长的等待。她们在家里等了一年又一年，舜一直没有回来。

　　这天，娥皇和女英仍旧像往常一样等待着舜的消息，没想到等来的却是一个噩耗：舜因为劳累过度，不幸死在了苍梧之野，当地百姓把他安葬在九嶷(yí)山上。

娥皇和女英难过得心都要碎了。最后，她们忍着悲痛收拾好行李，前往九嶷山。

一路上，娥皇和女英抑制不住心里的悲痛，泪水止不住地往下掉。滴滴泪珠洒在路边的竹子上，留下了点点泪斑，有红色的，有白色的，也有紫色的。当她们乘船渡湘江时，望着远处若隐若现的九嶷山，更是悲痛得泪如雨下。就在这时，湘江上突然起了很大的风浪，娥皇和女英乘坐的船只不幸被掀翻，两人都掉进了水里。

据说，娥皇和女英并没有真的死去，她们的魂魄化成了湘江的女神。后来，人们都称她们为"湘妃"或"湘夫人"。那些被她们的泪水染出泪斑的竹子，则被称为"湘妃竹"。

羲和浴日

　　传说，羲和女神是天神帝俊的妻子，她生了十个太阳儿子，所以又被称为"太阳女神"。

　　羲和女神和她的太阳儿子们住在东海之外的旸（yáng）谷里。旸谷是一个巨大的水池，因为太阳们经常在里面洗澡，所以池子里的水总是滚烫的。

　　在旸谷附近，有一棵几千丈高的扶桑树，枝叶高耸入云。晚上，十个太阳就栖息在这棵树上。

　　太阳为人间送去光明和温暖，大地万物才得以生长。太阳的光芒非常耀眼，温度也特别高，一个太阳就能够满足人间的需要了。如果十个太阳同时升上天空，人间就要遭殃了。

　　正因为这样，羲和女神每天只让一个太阳去天空中当值，而不当值的其他九个

日神月神

　　传说，羲和是十个太阳的母亲，被称为"日神"；而常羲生了十二个月亮，被称为"月神"。羲和与常羲都是帝俊的妻子。

太阳就留在旸谷的扶桑树上。

每天一大早，当人们还在梦乡的时候，羲和女神就轻轻唤醒她的太阳儿子们，温柔地问："我可爱的孩子们，今天轮到谁当值啦？"

这时，就会有一个太阳儿子从扶桑树上跳下来，开心地说："妈妈，妈妈，该我当值啦！"

"乖孩子，出发之前，我们先去洗个澡吧！"

当值的太阳儿子便兴奋地跳进甘渊中，溅得水花到处都是。羲和女神把儿子洗得干干净净的，然后母子俩一起坐上由六条蛟龙拉着的太阳车，飞向天空。

一路上，母子俩有说有笑。从起点旸谷到终点蒙谷，由东向西前进，共有十六个站。当车子到达第十四站悲泉时，太阳儿子就要下车步行了。

这时，羲和女神就温柔地目送太阳儿子慢慢走远。等太阳儿子的最后一缕光芒消失后，羲和女神就又陪他一起驾着太阳车返回旸谷，为第二天当值的儿子做准备。

就这样，日复一日，年复一年，羲和女神每天都会带着一个太阳儿子，在天空的东西两端来回奔波，为人间送去光明和温暖。

后羿射日

十个太阳在羲和女神的陪伴下，轮流在天空中当值。人间有了太阳的照耀，温暖又明亮，百姓安居乐业，过得十分幸福。

一天晚上，刚刚当值回来的一个太阳对其他九个兄弟说："哎呀，一个人在天上真无聊！外面的世界那么美，什么时候我们能一起出去玩呢？"

"对啊对啊，我也想和大家一起在天上玩。"

"要不，我们明天一起到天上去吧？"第一个太阳提议道。大家听了这个建议，高兴得又蹦又跳，纷纷表示赞同。

第二天一早，十个太阳趁着羲和女神不注意，一起飞上了天空。大家你追我赶，玩得十分开心。它们甚至决定，以后每天都要一起出来。

十个火辣辣的太阳同时出现，人间可遭殃了。它们一下子就烤焦了大地，晒枯了草木，蒸干了河流。人们又热又渴，都快活不下去了，纷纷跪在地上祈求上天的帮助。

有个叫后羿的年轻人，不仅力大无穷，箭法也十分高超，百发百中。他看到大家痛苦不堪的样子，心里非常难过。于是，他下定决心，要把多余的太阳射下来，不让它们再作乱。

后羿背着一张弓、十支箭出发了。他翻过了无数座高山，越过了无数道峡谷，历尽艰辛，终于来到了东海边。后羿登上高山，拉开了万斤重的巨弓，搭上千斤重的利箭，瞄准了天空中的太阳，"嗖"地射了过去。

只听"啊"的一声，一个太阳被射中了，晃晃悠悠地从天上掉了下来。其他九个太阳见了，都吓坏了，在天空中乱跑乱窜。一团团小火球从它们身上掉落，坠向

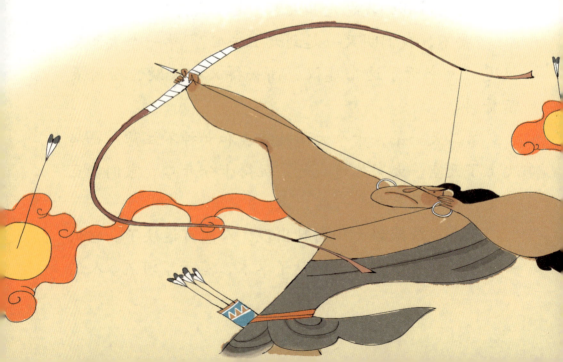

大地，把许多房屋都烧着了。

后羿赶紧又拉开弓箭，"嗖——嗖——嗖——嗖——"一连射了四箭，又射中了四个太阳。可地上还是很热，于是后羿又一口气射下了四个太阳。

最后，天上就只剩下一个太阳了。这个太阳见自己的九个兄弟都被射落了，吓得**哆哆嗦嗦**，赶紧躲在厚厚的云层后面，不敢出来。

这时，人间已经凉快下来，后羿想了想，大声对最后一个太阳喊道："我可以放了你，但你以后每天要按时东升西落，不准再干坏事儿！"

从此，太阳每天按时升起，按时落下，草木重新长出了嫩芽，河流恢复了往日的波澜，大地也焕发出了新的生机，世界又变得欣欣向荣。后羿也因此深受人们爱戴，成为人们心目中的大英雄。

后羿诛杀恶兽

从前天上有十个太阳的时候，许多藏在深山老林里的恶兽忍受不了高温，烦躁地四处逃窜，伤害百姓。后来，后羿将九个太阳射落，气候好转，万物繁荣滋长，但那些恶兽却依然留在人间作乱。

后羿决定为民除害，除掉这些恶兽。于是，他四处寻访，打听它们的踪迹。

窫窳(yà yǔ)是一只喜欢吃人的怪兽。它的身子有点像牛，却长着人脸和马脚，浑身赤红，能发出婴儿啼哭一样的声音。它总是利用这种声音把人引过来，然后把人杀死，再拖回去吃掉。

后羿听说窫窳住在少咸山上，便悄悄潜入它的巢穴。这时，窫窳正在呼呼大睡呢。后羿立刻挽弓搭箭，瞄准窫窳的脑袋，"嗖"地一箭射出，窫窳挣扎了一下，就断气了。

除掉窫窳后，后羿又打听到了另一只作恶多端的怪兽。那只怪兽名叫封豨(xī)，藏在中原地区的桑林中。它长得像一头大野猪，獠牙像戟一样锋利，铁骨铜皮，力大无比。封豨脾气很暴躁，经常跑到附近的村庄里毁坏庄稼，伤人性命。它走到哪里，哪里就会变成一片废墟。

后羿在桑林中埋伏许久，终于发现了封豨的行踪。他快速地射出两箭，正中封豨的两只眼睛。封豨看不见，气急了，就在桑林中胡乱冲撞，没多久就耗尽了力气，被后羿抓了起来。

接下来，后羿又来到了南方的水泽，准备除掉一只名叫凿齿的怪兽。凿齿长着长牙，有两只手，分别拿着矛和盾，特别喜欢吃人。

凿齿一看到后羿，就恶狠狠地扑过来。后羿灵敏地往旁边一闪，躲开了。然后，他挥动宝剑，劈开了凿齿的盾牌。凿齿吓得转身就跑，后羿迅速搭弓射箭。利箭像流星般飞向凿齿，正中它的心窝。

凿齿痛苦地号叫了几声，庞大的身躯便重重地倒下了，掀起一股灰尘。

接着，后羿又一鼓作气除掉了水怪九婴和凶鸟大风，这样一来，为害人间的怪兽就只剩下洞庭湖中的巴蛇了。

● 一鼓作气：出自《左传·庄公十年》。"夫战，勇气也。一鼓作气，再而衰，三而竭。"指趁着劲头把事情一口气做完。

巴蛇巨大无比，乌黑的身子像大树一样粗壮，蛇信子一吐，就像鞭子甩过来一样。

这天，后羿乘着船在洞庭湖上寻找巴蛇，可找了半天都没发现它的踪迹。他正打算回去时，突然发现湖中心冒出了一座黑黢黢的"小山"——巴蛇的头！只见巴蛇瞪着血红的眼睛，张开血盆大口，吐着蛇信子，向后羿直冲过来！湖面上顿时卷起了巨大的波涛。

后羿连忙搭箭朝巴蛇射去。可巴蛇的皮太厚了，箭根本射不进去。眼看巴蛇就要冲过来了，后羿重新搭箭，瞄准巴蛇的双眼。"嗖嗖"两声，利箭正中眼睛，巴蛇立刻痛苦地翻滚起来。后羿就乘胜追击，冲上去把它杀死了。

就这样，祸害人间的恶兽都被后羿铲除了，人间又恢复了往日的和平与安宁。

嫦娥奔月

后羿射落了九个太阳，还除掉了为害人间的恶兽，因此深受百姓爱戴。很多人都来拜他为师，向他学习射箭的本领。

有一天，后羿去昆仑山拜访朋友，正好遇到了西王母。西王母十分欣赏后羿，便赐给他一颗仙丹，并告诉他，凡人吃了这颗仙丹，就可以升天成仙。

后羿舍不得撇下妻子嫦娥，所以他不仅没有吃下仙丹，反而将仙丹交给嫦娥保管起来。

跟随后羿学习射箭的弟子中，有一个叫逢(páng)蒙的，他为人奸诈狡猾，而且非常贪婪。逢蒙不知从哪里知道了仙丹的事，便整天想着把仙丹占为己有。

八月十五这天，后羿像往常一样带着弟子们上山打猎，逢蒙却借口身体不舒服留了下来。等后羿他们离开后，逢蒙就拿着剑，迫不及待地冲进了后羿的家中。他用剑指着嫦娥，大声吼道："快交出仙丹，不然别怪我

不客气！"

嫦娥先吓了一跳，但很快就镇定下来。她装作不知情，反问道："哪有什么仙丹？"逢蒙很不耐烦，一把推开嫦娥，在房间里四处翻找。

眼看逢蒙就要找到存放仙丹的地方，嫦娥心想：不行，不能让逢蒙得到仙丹！于是她便抢先一步取出仙丹，一口吞了下去。

吞下仙丹后，嫦娥的身体变得越来越轻盈，最后竟然飘了起来。逢蒙见了，伸手想要阻拦，可是已经来不及了。嫦娥飘啊飘，越飘越高，最后一直飘到月亮上去了。

后羿回来后，听说嫦娥飞到了月亮上，又震惊又伤心，他呆呆地望着月亮，一声声地呼唤着嫦娥的名字。忽然，他发现今晚的月亮特别圆特别亮，恍惚还能在里面看到嫦娥的身影。

于是，后羿拿出嫦娥平时爱吃的瓜果点心，摆在庭院里，希望嫦娥能够感受到自己对她的思念。乡亲们听说嫦娥成仙去了月宫，也在院子里摆上瓜果点心，希望嫦娥能在天上保佑他们。

后来，八月十五就演变成了如今的中秋节。人们会在这一天合家团聚赏月、吃月饼，祈求全家生活幸福。

吴刚伐桂

传说，天宫的南天门有一个守将叫吴刚。吴刚和广寒宫的嫦娥关系非常好，两个人无话不谈。

有一天，吴刚正当值时，偷偷去广寒宫找嫦娥。玉帝知道后，大发雷霆，派天兵天将把吴刚抓来，大声呵斥道："大胆吴刚，你身为南天门守将，却擅离职守前往广寒宫，该当何罪？"

吴刚低着头，一句话都不敢说。

玉帝见吴刚不说话，更生气了，决定**重重**地惩罚他："月亮上有一棵桂树，你去砍倒它。什么时候砍倒了桂树，你再回南天门。砍树期间，不准和嫦娥见面！"

吴刚被天兵天将押到月亮上的桂树前。这棵桂树足足有五百丈高，一眼望不到顶。吴刚拿起斧头，用力地砍啊砍，从冬天砍到夏天，砍了足足半年，桂树却依然挺立着。

终于有一天，在吴刚的不懈努力下，桂树快被砍倒了。吴刚高兴地抹去头上的汗水，准备停下来休息一下。谁知，远处突然飞来了一只乌鸦，将吴刚搭在树上的衣服叼走了。吴刚马上放下斧头去追赶："停下，快停下！"

吴刚追啊追，费了好大的劲儿才追上乌鸦，拿回了自己的衣服。但是，当他回到桂树下的时候，一下傻眼了：明明快要砍倒的桂树竟然恢复成原来的样子，掉落在地上的枝叶也重新长回了树上！吴刚怏怏地靠在桂树旁，叹息道："之前的功夫全都白费了。"

原来，这只乌鸦正是玉帝派来阻挠吴刚砍树的。吴刚懊恼极了，可又不能违抗玉帝的命令，只能重新拿起斧头砍起树来。

从此，每当吴刚快要砍倒桂树的时候，乌鸦就会飞过来叼走他的衣服，或者站在枝头"哇哇"乱叫。吴刚只要停下斧头，看它一眼，桂树马上就会恢复成原来的样子。

就这样，桂树砍了又长，长了又砍，永远也砍不倒。日复一日，年复一年，吴刚就一直留在月亮上，不停地砍着桂树。

● 怏(yàng)怏：形容心中烦闷，很不高兴的样子。

鲧（gǔn）窃息壤

　　远古时期，人间暴发了一场大洪水。汹涌的洪水淹没了庄稼，卷走了牲畜，吞噬了屋舍。人们有的被洪水冲走，有的活活饿死，幸存下来的人也只能望着滔滔的洪水唉声叹气。

　　天神鲧看到人们遭受苦难，心里难过极了，于是决心帮人们治理洪水。他想起天帝的珍宝库里有一件叫"息壤"的宝贝，那是一团可以自动生长的泥土，只要小小一块，就可以长得无限大。

　　"如果把息壤投到人间，让它变成高高的堤坝，不就可以堵住洪水了吗？"鲧高兴地想。

　　可是，天帝非常珍视息壤，鲧担心天帝不肯借，就决定先偷偷拿到它，将凡间的洪水治理好再说。于是，鲧想办法引开了看守珍宝库的神犬，拿到了息壤。

　　鲧来到人间，跑到洪水最严重的地方，施展神力，将息壤扔了出去。息壤掉进了滚滚洪水中，不一会儿，就开始迅速生长起来。它不断变大，一眨眼的工夫，原本小小的息壤就变成了一道高高的堤坝。这堤坝不断地变高，并且不断地往左右延伸，最后，堤坝变得又高又长，终于把汹涌的洪水给挡住了。

在太阳的炙烤下，堤坝内的洪水越来越少，最后终于干涸了。平原和田野重新露了出来，大地又恢复了原来的样子。

躲在山洞中的人们跑了出来，在树上躲避洪水的人们也跳了下来，他们看着洪水退去了，大地终于又露出来了，都开心地笑着、跳着。

没过多久，鲧偷走息壤的事情被发现了。天帝勃然大怒，派人把鲧抓了回去，并判他死刑。

人们知道后，纷纷向天帝求情，可是震怒中的天帝不理会人们的苦苦哀求，还是处死了鲧。

最终，鲧在羽山被杀，息壤也被天帝收回。洪水再次淹没了大地，人们又陷入了水深火热之中。

大禹治水

鲧死后，他的儿子禹继承他的遗志，继续治理洪水。

为了彻底整治水患，禹考察了全国各地的水灾情况和河流大川的走向。他发现，无论哪条河的水，最后都会流进大海。禹想：既然这样，为什么不挖凿河道，让洪水顺着河道流进大海呢？

于是，禹在地图上将需要疏通的河道都标注出来，然后就带领人们忙活起来了。禹在指挥人们挖土凿山的同时，自己也在一刻不停地干活。

在治水的过程中，最艰难的就是开凿龙门山。龙门山在黄河中游，挡住了黄河的去路，把河道挤得十分狭窄。每到多雨的季节，奔涌的河水经常溢出河道，泛滥成灾。

禹仔细地察看了地形，决定在大山底部挖出一条宽阔的新河道。他带头挖掘，手掌被磨出了血泡也不休息。终于，新河道挖通了，河水畅通无阻地奔向了大海，两岸的百姓再也不用遭受水灾之苦了。

禹为了治水四处奔波，无论严寒酷暑都不停歇。在治水期间，他曾三次路过自己家门口，但都没有回去。

第一次经过家门口的时候，禹的儿子刚刚出生。听到屋里传来婴儿哇哇的啼哭声，禹很想进去看看。同行的人也都劝道："快回去看看吧。"可想到只要多耽误一刻，洪水就会多冲垮一间房屋，禹坚决地摇了摇头："走吧，治水要紧！"

第二次经过家门口的时候，禹的儿子已经会说话了。看见儿子在妈妈的怀里开心地玩耍，伸着小手叫着"爸爸"，禹忍不住流下了泪水，但他只是跟妻儿挥了挥手，又继续赶路了。

第三次经过家门口的时候，禹的儿子已经十多岁了。他见到禹，非常高兴，使劲地想把禹拉进家门。禹温柔地摸了摸儿子的头，告诉他："孩子，等治理好了洪水，我一定回家和你们母子团聚。"说完，他又匆忙地离开了。

经过十三年的努力，禹带领百姓挖出了无数条新河道。洪水被分流了，平缓地流进了大海，百姓们也都过上了安居乐业的生活。大家非常感激禹，都尊称他为"大禹"。

河伯授图

　　古时候，有个叫冯夷的人，他不甘心面朝黄土背朝天，一辈子靠种地为生，一心想要成仙。有一天，他听说，只要连续喝上一百天的水仙花蜜，就可以脱去凡胎，登上仙界。于是，他开始四处寻找水仙花。

　　日子一天天过去，冯夷已经连续喝了九十九天的水仙花蜜了。他高兴极了，只要再喝上一天，就可以成仙了。这天，冯夷看到黄河对岸有一丛开得正好的水仙花，便兴冲冲地渡河去采，谁知，在他刚渡到河中央的时候，河水突然暴涨，结果，他不幸溺死了。

　　冯夷原本很快就能成仙了，却被黄河夺去了性命。他的魂魄恨透了黄河，于是跑去向玉帝告状。

　　玉帝见黄河经常泛滥，危害百姓，却没人管理，也很头疼。他便问冯夷："你愿不愿意做黄河的水神，去治理黄河？"冯夷一听可以做神仙，连忙点头答应了。

　　就这样，冯夷成了黄河的水神，人们都叫他"河伯"。河伯上任了，可他不知道该怎么治理黄河，只好去向玉帝请教。

"要想治理好黄河，必须了解黄河的水情，绘制出一份水情图。有了这份水情图，治理黄河就简单多了。"玉帝耐心地为他解疑。河伯觉得很有道理，就开始了绘制水情图的工作。

绘制水情图可是个浩大的工程，河伯一个人很难完成，便找了一个熟悉黄河的助手。两个人跋山涉水，沿途考察黄河的河道。每到一个地方，他们都会仔细观察，细心绘图，哪里容易决堤，哪里容易倒塌，哪里需要疏通……都在图上标记得清清楚楚。

过了很多年，河伯终于绘制好了黄河水情图，可这时他已经年老体弱，无法亲自去治理黄河了。河伯非常

难过，无奈地回到了黄河底的神府。他多希望有人能替他完成治好黄河的心愿啊！

终于有一天，大禹来了。河伯听说大禹正在为治理黄河奔波辛劳，于是趁大禹在河边考察的时候，从浪花里钻了出来。他站在浪尖对大禹说："我是黄河的水神河伯，特来帮你治理黄河。"大禹连忙行礼问候。

河伯掏出水情图递给大禹，说："这是黄河的水情图，现在我把它交给你，希望能助你一臂之力！"大禹十分感动，赶紧鞠躬感谢河伯，但等他抬起头时，水面上已经没有河伯的身影了。

就这样，靠着河伯的水情图，大禹终于成功地治理了黄河的水患，让两岸的百姓不再受洪水的侵害，过上了平安稳定的生活。

大禹降服无支祁

传说在很久很久以前，淮河里住着一只水怪，名叫无支祁。它体形硕大，长得像一只猿猴，青色的身子像是披着一层盔甲，头和脖子连起来有近百尺长。它常年在淮河里兴风作浪，引发洪水淹没庄稼和农舍，害得老百姓叫苦不迭。

有一年，大禹到淮河治水。刚到淮河边的桐柏山，就遇到了奇怪的事情——空中忽然电闪雷鸣，狂风大作，沙尘飞扬。大家都睁不开眼睛，连站都站不稳。无奈之下，大禹只好带领手下回去歇息。过了几天，风停了，雨也收了，大禹又带人来到桐柏山，可奇怪的事情又一次发生了，大禹不得不再次带领手下回去休息。

第三次出现这种怪异天气时，大禹恍然大悟：一定是淮河里的水怪无支祁在捣鬼！大禹马上召集附近各个部落的首领开会，商量铲除无支祁的办法。

首领们听了，脸上都露出恐惧的神情。一个首领担心地说："这样会不会惹恼无支祁？还是不要惊动它，绕开淮河吧！"

"无支祁很厉害，我们不是它的对手，恳请您收回成命吧！"众人纷纷附和。

"洪水我要治，妖怪我也要除掉，绝不能让它再祸害百姓了！"大禹大义凛然地说。随后，他把那几个打退堂鼓的首领关了起来，然后带兵来到桐柏山下，打算和无支祁决一死战。

无支祁根本没把大禹放在眼里。它熟悉附近的地形，又力大无穷，接连打败了大禹派出的好几员先锋。这时，大将庚辰站了出来，他挥舞着方天戟冲了上去，和无支祁打了起来。庚辰是久经沙场的老将，本领高强，他和无支祁打了三天三夜，终于将无支祁活捉了。

无支祁手下的妖怪们见头领被捉，一拥而上，想救无支祁。可庚辰带着士兵们一阵冲杀，没费多少力气就把它们打得四散而逃。

大禹让庚辰用一根粗铁链拴住无支祁的长脖子，又在它的鼻孔里穿上铃铛，然后将它镇压在桐柏山脚的一口井里，不让它再祸害百姓。

制伏了无支祁后，大禹带人疏通了淮河河道，让淮河水流入了大海，百姓就再也不受水患的困扰了。

大禹杀相柳

　　相柳是水神共工的手下，他长着蛇一般的身子，有九个脑袋，样子十分凶恶。相柳的体形非常庞大，他从哪里经过，哪里的地面就会塌陷下去，形成沼泽或沟壑(hè)。不仅如此，那些沼泽里的水的味道还十分苦涩，散发出的臭味能够杀死飞禽走兽。相柳的胃口也大得惊人，他能同时在九座山头吃东西。

　　共工是个凶恶的水神，经常引发洪水，百姓苦不堪言。后来，大禹率领百姓将共工驱逐了。相柳为了替共工报仇，便在人间四处作恶。他不断啃食江河堤坝上的土，使堤坝溃决，河水泛滥，无数百姓流离失所。

　　大禹为了拯救无辜的百姓，决心要消灭相柳。他们战斗了不知多少个回合，最终，相柳不敌大禹，伤痕累累地倒在了地上。

　　然而，相柳倒下的地方，瞬间就变成了充斥毒液的沼泽，腥臭无比。凡是他的血淌过的地方，五谷立刻

117

枯死。从此，这片土地寸草不生，人们没法再在这里生活。当地百姓纷纷叫苦连天。

于是，大禹又开始率领手下治理被污染的土地。他施展神力，从远方运来新鲜干净的土壤，覆盖在沾染过相柳血液的土地上。谁知，这些新土刚覆盖上去，地面马上就塌陷了。大禹接连填塞了三次，地面就塌陷了三次。

这可把大禹愁坏了。他冥思苦想了许久，终于想出一个好主意。他命人把那些腐烂恶臭的土都挖出来，堆积建造成一座座恢宏雄伟的高台，叫"众帝之台"，用来祭祀有杰出贡献的诸神和帝王，而挖出的深坑则作为池塘来蓄水，灌溉庄稼。这样一来，才总算是解决了相柳造成的麻烦。

历史学家

时至今日，环境问题依旧困扰着我们。你知道有什么保护土地的好办法吗？

瑶　姬

瑶姬是炎帝的女儿，她天真活泼，美丽动人，炎帝很宠爱她。

瑶姬从小过着无忧无虑的生活，可是突然有一天，她得了一种怪病，怎么都治不好。她的身体一天比一天虚弱，不久就去世了。炎帝非常难过，把她葬在了巫山上。

瑶姬虽然死了，她的魂魄却随风飘到了姑瑶山，变成了山上的一株瑶草。瑶草花色嫩黄，叶子成双生长，果实很像菟丝子。听说，吃了瑶草的果实，能让人变得更加美丽。

这株瑶草在山上吸收了日月精华，竟然慢慢地修炼成了人形，而且比原来的瑶姬更加漂亮。她生性活泼，山上的生活单调无聊，便经常跑下山去，帮百姓解决困难。

百姓们非常感激这位美丽善良的女神，都称她为

"巫山神女"。

有一年，巴蜀一带暴发了很严重的洪水，大禹奉命前去治理。他来到巫山脚下，指挥人们开山泄洪。没想到，这一举动惹怒了在山上修炼的蛤蟆精。蛤蟆精施法变出龙卷风，卷起滔天巨浪，想要把大禹淹死。

眼看巨浪就要把大禹吞没了，瑶姬从天而降，施法平息了巨浪，还赶走了蛤蟆精。大禹连连向瑶姬道谢。

瑶姬微微一笑，说道："你想要开山，得有一些能干的帮手！"原来，瑶姬非常敬佩大禹为民治水的决心，想要帮助他。她将驱使鬼怪的口诀传授给了大禹，并送给大禹一本防风治水的秘籍。为了帮忙疏导洪水，她还派自己的侍卫把巫山凿开了一条通道。在瑶姬的帮助下，巴蜀的洪水很快就被治理好了，百姓们都十分感激瑶姬和大禹。

巫山的一座山峰常年云雾缭绕，远远看去就像美丽的瑶姬在翩翩起舞。为了纪念瑶姬，人们就把那座山峰称作"神女峰"。

穿胸国

相传古时候有一个国家叫"穿胸国"，这个国家的人胸口都有一个大洞。那里的有钱人如果不想走路，就会让仆人用一根棍子穿过自己胸口的洞，抬着走。

穿胸国的人胸口为什么会有一个大洞呢？故事还要从大禹的部落大会说起。

那一年，为了彻底治理水患，大禹召集了所有部落的首领在会（kuài）稽山集会，商讨治水大计。会议开始后，大禹发现其他部落的首领都到齐了，只有防风氏还没到。

"为什么防风氏还没到？"大禹很不高兴地问。

"可能是有事耽误了吧。"有人回答说。

大禹听了非常生气，"啪"地一下拍碎了面前的大石，大声说道："还有什么事情比治水更重要？防风氏根本没有把天下百姓放在心里！"

大禹越说越气愤，最后派人把防风氏抓来，将他判处了死刑。

防风氏的死讯传回部落后，他的两个部下非常伤心，发誓要杀了大禹替首领报仇。可是，大禹身份尊贵，身边的守卫极为森严，要接近他并不是一件容易的事情。

这天，他们终于等到了一个机会——大禹要到全国各地巡查，路上恰好要经过防风氏的领地。防风氏的两个部下听到消息后，密谋了很久，决定等大禹经过时用箭射杀他。

那一天，大禹威风凛凛地坐在天帝赐给他的龙车上，身后跟着浩浩荡荡的人马。他们的车队经过一条狭

窄的道路时，埋伏在树丛中的防风氏的部下拉开弓箭瞄准了大禹。谁知，突然"轰隆"一声巨响，一道霹雳闪过，天地之间瞬间变了色，大雨"哗哗"地下了起来。

防风氏的两个部下由于受到雷雨惊吓，两箭都射偏了。当他们准备再射箭时，给大禹拉车的两条龙突然腾空而起，拉着车飞向天空。

防风氏的两个部下知道这次杀不了大禹了，伤心地落下了眼泪。

"我们暗杀大禹不成，必死无疑了，只是遗憾不能为首领报仇！"说完，他们从怀中取出早已准备好的匕首，插进了自己的胸口里。

大禹被他们的忠诚感动了，于是赶忙命人取出他们胸口的匕首，又派人去山上采回不死草，敷在他们的伤口上。

这两个人虽然被救活了，但他们胸前的大洞却怎么也愈合不了。不仅如此，他们后人的胸口也都长着一个大洞。慢慢地，经过许多代繁衍后，这些胸上有洞的人就建立了这个神奇的"穿胸国"。

杜宇化鹃

　　很久很久以前，蜀国有个贤明的君主，名叫杜宇，号望帝。杜宇非常重视农耕，常常指导百姓开垦荒地、种植五谷，让百姓过上了丰衣足食的生活，百姓们都非常爱戴他。

　　虽然杜宇把国家治理得井井有条，但是有一件事却让他忧愁不已。原来，蜀国经常发生水灾，每次洪水暴发，都会冲毁无数的田地与屋舍。杜宇想了很多办法，可都没有用。为此，他立下了誓言："如果谁能治理好水患，让百姓安居乐业，我就将王位传给他！"

　　这天，手下忽然来报："陛下，有个人想求见您。"来的这个人叫鳖灵，他原本是楚国人，后来失足掉进河里淹死了。奇怪的是，他的尸体不是从上游往下漂，而是从下游往上漂。鳖灵的尸体漂到蜀国，人们把他打捞上来，他竟然复活了，开口就说："我叫鳖灵，想拜见望帝。"

杜宇心想这个鳖灵一定不是普通人，便叫人将他带进宫来。鳖灵拜见了望帝，两人一见如故，聊得很投缘。杜宇觉得鳖灵是个难得的人才，便任命他为蜀国的宰相。

　　鳖灵刚当上宰相没多久，蜀国就遭遇了一场罕见的大洪水，百姓们流离失所，死伤无数。杜宇急坏了，连忙召集大臣们商议对策。可是，谁也想不出治理水患的办法。

　　这时，宰相鳖灵站了出来："陛下，我有治水的办法。"于是，杜宇便派鳖灵前去治理洪水。鳖灵马上赶到受灾最严重的巫峡沿岸地区，带领手下和百姓一同凿开了巫山，使被堵住的水通过巫峡，流到了大江里。蜀

国的水患从此被治好了，百姓们都很感激鳖灵。

杜宇没有忘记自己的誓言，他对鳖灵说："你才能出众，如果由你来治理蜀国，百姓们一定能生活得更好，希望你能继承我的王位。"

鳖灵百般推辞，不愿接受。杜宇再三思虑，便留下禅位给鳖灵的旨意，悄悄离开王宫，躲到遥远的西山去了。大臣们发现杜宇不见了，都急得不得了，派人到处寻找他。鳖灵明白杜宇的良苦用心，不得不继承了王位，成了蜀国君主，号开明帝。

两个月过去了，大家终于在西山找到了杜宇，但他已经去世了。大家伤心不已，就把他安葬在了西山上。

第二年春天，杜宇的墓地上开满了白色的花儿，旁边的树上还栖息着一只鸟儿，不停地叫着："归去——归去——"鸟儿越叫越哀伤，最后竟然吐出鲜血，把墓地上的花儿都染红了。

百姓们见了，都说这是杜宇化成的鸟儿，因为他太思念国家和百姓，所以才不停地叫着"归去"。为了纪念杜宇，人们就将这种鸟儿称作"杜宇"或"杜鹃"，把被鲜血染红的花儿叫作"杜鹃花"。

犬封国

很久很久以前，有个国家叫"犬封国"。相传，犬封国是由一条叫盘瓠（hù）的狗建立的。

盘瓠的来历十分神奇。传说帝喾（kù）在位时期，王宫里有位年老的妇人。有一天，她的耳朵突然又痛又痒，听不到一点儿声音。

老妇人请大夫用勺子伸到她耳朵里面去掏，结果掏出了一条金灿灿的虫子，个头有蚕茧那么大。

老妇人见这条虫子长相奇特，就将它装进一个用瓠瓜做的容器里，还用盘子扣了起来。没想到，几天以后，容器里面竟传出了犬吠声。老妇人觉得奇怪，打开盘子一看，那条虫子竟然变成了一只小狗，浑身布满五彩花纹，可爱极了。

老妇人十分喜欢这只小狗，就给它起名叫"盘瓠"，把它养在身边。

● 瓠瓜：葫芦科植物，果实可食用，古时候的人们爱把干燥的瓠瓜壳做成容器。

有一天，帝喾见到盘瓠，看它活泼可爱，就向老妇人讨要过来，养在自己身边。盘瓠也非常喜欢帝喾，寸步不离地守在他身边。

有一年，北方一个部落首领起兵造反，屡次侵犯边境。帝喾为了平息叛乱，张榜公告说："谁能平息叛乱，就能得到丰厚的赏赐，还可与公主结为夫妻。"

张榜的那天，盘瓠失踪了，帝喾一连找了三天都没找到。

原来，盘瓠跑到了那个部落首领的营帐里。首领看到帝喾心爱的狗来投奔，高兴地摆起了宴席。他大笑着对手下说："帝喾这次是真的要灭亡了，你们看，连他的狗都跑到我这儿来了。"

当天夜里，部落首领和手下醉得一塌糊涂。盘瓠悄悄走到首领身边，张开大嘴，一口咬下了他的脑袋，随后连夜跑回了帝喾的王宫。

帝喾看到盘瓠叼着叛贼的脑袋，才知道它这几天去了哪里。他非常感动，喂它喝肉粥，但盘瓠扭过头去，根本不理帝喾。

帝喾觉得奇怪，问："盘瓠，你怎么了？为什么不吃东西呢？"

盘瓠不搭理帝喾，趴在地上，还闭上了眼睛。

"你是怪我没有兑现诺言吗？"帝喾想了想，笑着

说，"好，那我现在就遵守承诺，赏赐你金银财宝和封地，并把公主嫁给你。"盘瓠听完，从地上一跃而起，围着帝喾欢快地跑来跑去。

后来，盘瓠在封地修炼成了人形，他和公主生儿育女，建立了一个新的国家。因为盘瓠原本是一只狗，所以人们就把这个国家叫作"犬封国"。

小生活家

早在一万多年前，人类就驯化了狗，从此，狗成了人类狩猎、看家、玩耍的伙伴。说一说，你还知道哪些有关狗的故事？

百鸟朝凤

在很久很久以前，鸟群中有一只不起眼的鸟，名叫凤凰。它的体格比一般的鸟要大一点，羽毛很少，浑身灰暗没有光泽。在众多的鸟中，它并不耀眼，甚至显得很丑，因此鸟儿们都不愿意理睬它。

尽管如此，凤凰不管其他鸟对它的冷遇，独自勤劳努力生活。它并不像其他鸟一样贪玩，反而每天起早贪黑地忙活。吃饱后，它还继续收集果实，将其他鸟儿们看不上的瘦小果实一颗颗捡起来，储存在洞中。它每天都不辞辛苦地忙碌着。

其他的鸟总是聚在一起玩耍嬉戏，它们都不理解凤凰的行为，飞过来问它："森林里的果实那么多，为什么每天还要额外再储存呢？"鸟儿们一边问一边嘲笑凤凰贪得无厌，嘲笑过后便摇摇头纷纷离开了。

过了一段时间，森林里闹旱灾，很久都没有下雨。鸟儿们四处寻找食物，可是果实早就干瘪了，根本找不到能吃的东西。大家都饿得头昏眼花、没有力气，眼看就快支撑不下去了。这时，凤凰急忙打开山洞，把自己多年来辛苦储存的干果和草籽拿出来分给大家，和大家共渡难关。

就这样，在凤凰的帮助下，鸟儿们得救了。

旱灾过后，森林里又恢复了生机。鸟儿们不忘凤凰的救命之恩，为了感谢凤凰，它们都把自己身上最漂亮的羽毛拔下来，制成一件光彩夺目的百鸟衣送给凤凰，并推举它为百鸟之王。

从此，每到这一天，四面八方的鸟儿都会飞来祝贺凤凰，就形成了百鸟朝凤的传统。

小思考家

凤凰的经历带给我们怎样的启示？

穆天子与西王母

西周的周昭王去世后，他的儿子继承了王位，人称"周穆王"，又称"穆天子"。

穆天子年轻的时候，热衷于修炼成仙的道术，喜欢巡游天下名山大川。当时有个极擅长养马和驾车的人，名叫造父，他一手调教出八匹骏马，并将它们献给了穆天子。穆天子便请造父为自己驾驶那辆由八匹骏马拉动的车子，带领随从，从北方向西方出发，游历去了。

在游历的路上，穆天子得到一只白狐狸和一只黑貉子，就用它们祭祀了河神。他还在阳纡(yū)山见到了水神河伯，在昆仑山游览黄帝的宫殿……他来到弱水时，发现这里的水十分奇怪，连羽毛都无法浮起来！该怎么过河呢？正当穆天子苦恼的时候，河里的鱼、龟、鳄鱼等动物纷纷浮上水面，主动为他搭起了一座桥，让他的马车通过。

过了弱水，穆天子乘车继续向西前行。最终，他在天界的瑶池上会见了西王母。当时，穆天子手持白色的圭和黑色的璧，庄重地拜见西王母，还献上锦绣丝绢和白色丝绢作为礼物。西王母十分开心，收下了礼物。

不仅如此，穆天子还在瑶池和西王母一起宴饮。在宴席上，西王母兴致很高，放声唱道："天上飘着悠悠白云，道路漫长，无穷无尽。高山大河，重重阻隔。从此一别将难通音信，请你一定要保重，以后有机会再来此处相聚。"

穆天子也唱着歌回应："我回到神州故土以后，一定会努力让华夏各国和睦相处，使万民过上安定富足的生活，到那时我再来看望你，三年之后我一定会回来。"

随后，穆天子和西王母一起登上山顶，穆天子让人立了一块碑，上面刻着**"西王母之山"**几个大字，随后，他又在碑旁种了一棵槐树作为纪念。

穆天子辞别西王母后就回国了。回去以后，他命人将这次沿途经过的地点的远近和方位都详细地记录下来。据说，穆天子登昆仑山时，喝的是蜂山石缝中的甘泉，吃的是玉树上的果实，还学会了腾云飞升的道术；他之所以还以凡人的形象出现在世间，是想现身论道，向人们展示修炼的结果。

● 瑶池：传说是西王母居住的地方，位于昆仑山上。

鲛(jiāo)人泣珠

相传在我国南方的大海中生活着一种鲛人。他们的上半身与人相差无几，下半身则是一条像鱼一样的尾巴。除此之外，鲛人身上还长着和鱼一样的鳞，平时生活在水中。

鲛人善于织绡，他们织成的绡就像蝉的翅膀一样，既美丽又轻薄，无论谁见了都爱不释手。若是将这种绡拿到市场上去卖，价格比最好的丝绸还要高出许多。

有时候，鲛人在海中待得腻烦了，就会到岸上来玩几天。有一回，一个鲛人在海边游玩时遇见了一个人，他们一见如故，非常要好，鲛人甚至在这个人家中住了下来。

鲛人住在这位朋友家中时，也不忘辛勤地织绡。他织绡的速度比一般人快得多，只要三四天便能织好一匹绡。朋友把鲛人织的绡拿去卖，人人都惊叹于它的精美，愿意出很高的价钱来买。

在陆地上住了一段时间之后，鲛人不禁思念起自己海中的家。于是，鲛人向朋友辞行："我离开家有一段时间了，该回去看看了。"临别在即，鲛人不胜感慨，眼角泛起了泪花。朋友正要挽留，鲛人却对朋友说："你去拿个盘子过来吧。"朋友虽然不解其意，但还是按鲛人的话做了。谁料，鲛人的眼泪落进盘子，竟然发出一声声"叮叮咚咚"的清脆乐音——那眼泪化成了一颗颗晶莹的珍珠！

> **珍　珠**
>
> 当泥沙等坚硬杂物进入贝类的体内时，贝类便会分泌一种珍珠质，将这些杂物层层包裹，日积月累，便形成了我们看到的美丽的珍珠。

原来，鲛人是不轻易哭泣的，他们流出来的眼泪会变成最上等的珍珠。

过了一会儿，鲛人呜呜咽咽地止住眼泪，而这时，盘子里的珍珠已经多得堆了起来。鲛人便把珍珠赠给朋友，作为离别的礼物。随后，他辞别朋友，来到了海边。只见鲛人站在礁石上，纵身一跃跳进大海，随即消失在茫茫海水之中。

据说，后来沿海的居民们家家户户都备有织机，就是为了等待鲛人来投宿呢。

雷公与电母

在很久很久以前，天上住着一位负责打雷的天神，名叫雷公。雷公浓眉大眼，长着一张尖尖的鸟嘴，背上还有一对翅膀。他不仅力气大，声音也很洪亮。

由于雷公为人正直，玉帝便命他在打雷下雨的同时去人间巡查，惩罚那些浪费粮食的人。每次出巡，雷公都会带上两件武器：一把斧头和一柄槌子。只要看见有人糟蹋粮食，他就举起武器，大喝一声，打出雷霆将那个人劈死。

一天，雷公驾着乌云到人间巡查，来到了一个小村庄上空。村子里有一位盲眼老婆婆，她的儿子去世了，留下她和儿媳妇相依为命，两人过着非常艰苦的日子。

儿媳妇既勤劳又孝顺，每天辛勤劳作，只为换一点粮食。她用珍贵的白米给老婆婆煮饭吃，而自己却吃不用花钱的胡瓜子。有一天，老婆婆发现儿媳妇总是吃胡瓜子充饥，非常不忍心，于是趁儿媳妇不在，将白米饭

跟胡瓜子调换了。

儿媳妇回来后，看到碗里的白米饭，硬是要把胡瓜子换回来。她说："婆婆，我年轻，吃什么都没关系。您年纪这么大，怎么能吃胡瓜子呢？"

可是，老婆婆说什么也不肯吃白米饭，两人开始推让起来。

无奈之下，儿媳妇只好把胡瓜子拿到屋外倒掉，免得被婆婆拿去吃。这一幕恰好让天上的雷公看见了，他非常生气：天下有那么多人吃不上饭，你竟然还这么糟蹋粮食，太可恶了！他立马举起手上的武器，"轰隆"一声，把那个儿媳妇劈死了。

不久，这件事传到了天庭，玉帝知道后十分生气，怒斥雷公太大意，竟然打死了好人。雷公心里也很内疚，他难过地解释道："每次我都是下雨天出巡，天空乌云密布，人间到处都是灰蒙蒙的，我看不清楚……这……这才出了错。"

玉帝仔细一想，雷公的话确实有道理，也就不好怪罪他了。为了弥补过错，玉帝把那个儿媳妇封为电母，并赐给她一面闪电宝镜，让她和雷公一起巡查人间。

从此以后，雷公每次打雷之前，都会先请电母用宝镜照一照。电母的闪电宝镜能将大地照得一片通明，这样，雷公就不会误劈好人了。

煮海治龙王

古时候，在舟山的西南面有一座小岛，岛上民众都以打鱼为生。传说岛上到处都埋着黄金，所以人们都叫它"金藏岛"。

贪婪的东海龙王知道后，想把岛上的黄金占为己有。他派出虾兵蟹将，让它们涨潮、鼓浪，想将金藏岛吞没。霎时间，狂风大作，海浪滔天。岛上的房屋、树木都被吹倒了，很多人都被卷进海里，人们哭天抢地，四处奔逃。

金藏岛东边有一座纺花山，山上住着一位纺花仙女。她看到龙王的恶行，非常生气，于是拿起神帚朝海面一挥，汹涌的潮水瞬间就退去了。乡亲们见了，赶紧乘船到纺花山避难。

纺花仙女告诉乡亲们："大家如果想保住金藏岛，就跟我一起织个大渔网，下海把龙王打败吧！"

乡亲们听了，无论男女老少，都加入了织网的队伍。大家日夜纺织，经过七七四十九天，终于织成了一张金线渔网，足足有九九八十一斤重。

渔网织成了，可是派谁去海里抓龙王呢？大家你看看我，我瞧瞧你，一时间没有人出声。这时，人群里突然跳出来一个小男孩，他拍着胸脯，大声说："我去！"

乡亲们一看，竟然是海生。海生只是个七八岁的孩子，怎么打得过龙王呢？大家都失望地摇摇头，纺花仙女却笑着摸了摸海生的头，说："只有勇敢的人才能打败龙王，海生很有胆量，就让他去吧。"

纺花仙女将斗龙王的秘诀传授给了海生，还给了他一件金线衣。

海生穿上金线衣，依着纺花仙女的教导，喊了声"大"，就见他的身体越变越大，不一会儿就变成了一个力大无穷的巨人，把乡亲们惊得目瞪口呆。

海生轻轻松松拎起金线渔网，"扑通"一声跳进了大海。奇怪的是，海生到哪里，哪里的海水就自动朝两边退去，给他让出一条路来。原来，海生穿的金线衣是一件避水宝衣！

海生来到海中央，将金线渔网向上一抛，又喊了声"大"，渔网就铺天盖地地撒向了大海。等了一会儿，海生又喊了一声"收"，渔网就收了起来。没想到，这第一网竟抓住了东海龙王的护宝将军——狗鳗(mán)精。

　　纺花仙女说过，只要抓住狗鳗精，就可以得到煮海锅，有了煮海锅，就能保住金藏岛了。海生开心极了，喝令狗鳗精快把煮海锅交出来。"哪有什么煮海锅？"狗鳗精连忙否认，可渔网越缩越小，将他勒得死去活来。狗鳗精疼得受不了，这才松口，说："饶命饶命，我带你去找煮海锅！"不一会儿，海生就跟着狗鳗精来到了龙宫的百宝殿。

　　百宝殿可真大啊！里面堆满了让人眼花缭乱的奇珍异宝。但是，海生连看都没看那些金灿灿的宝贝，拿起黑乎乎的煮海锅就回纺花山了。

　　海生和乡亲们在海边支起煮海锅，舀了一勺海水放到锅里，架起柴火就煮。一炷香时间过去了，整个大海冒出了热气；两炷香时间过去了，海水开始沸腾；三炷香时间过去了，东海龙王带着一帮气喘吁吁的虾兵蟹将浮出了海面，向海生连连求饶："烫死我了，快别煮了！饶命，饶命……"

　　"退潮息浪，把金藏岛还给我们，要不然，我就煮烂你！"

　　东海龙王听了，急忙下令退潮三尺，息浪三丈，金藏岛终于又露出了水面。海生见状，就准备兑现诺言收起煮海锅。谁知，他刚端开锅，龙王就掀起一个浪头，将煮海锅卷进了海里。

　　"这可怎么办哪?"海生急得直跺脚。没想到,这一脚下去,整座金藏岛都晃了起来,埋藏在地下的金子被踩了出来,纷纷飞向海岸,不一会儿,就在沙滩上形成了一个金色的大海塘。

　　任凭潮涌浪翻,金塘都巍然屹立。有了金塘的保护,不管海浪多高,都不会危害到金藏岛了。

　　从此,东海龙王再也不敢来兴风作浪了,乡亲们也都过上了幸福的生活。后来,"金藏岛"就改名为"金塘岛"了。

开动脑筋

　　煮海锅为什么能烹煮大海?请你放飞想象,说一说煮海锅的原理吧!

龙王输棋

据说，东海边有个东海岛，这里海水浑浊，鱼虾零落，因此岛上的渔民们常常空手而归，生活十分艰难。

岛上有一个小渔童，名叫陈棋。他酷爱下棋，总是随身带着棋盘，一有空就和小伙伴们玩上几盘。陈棋白天下棋，晚上下棋，甚至做梦都在下棋呢！渐渐地，他的棋艺越来越高超，大家都称他为"东海棋怪"。陈棋"东海棋怪"的名声渐渐传开，越传越广，后来，竟然传到东海龙王敖广的耳朵里去了。

敖广也是个棋痴，曾经拜南斗仙翁为师学棋，自认棋艺高超、无人能敌。他听说有个渔童叫"东海棋怪"，顿时火冒三丈："岂有此理？一个小小的渔童竟然敢称'东海棋怪'，把我堂堂东海龙王放在哪里！"

于是，敖广摇身一变，变成一个渔夫来到东海岛。傍晚时分，他看到几个渔童聚在海滩边的一块大岩石上下棋，便走上前去，在一旁观棋。

眼看有个渔童快输了，敖广忍不住在旁边指点起来。这时，一个浓眉大眼的渔童抬头问敖广："这位叔叔也会下棋？"

敖广见渔童相貌不凡，便问："难道你就是大家说的'东海棋怪'？"

围观的渔童纷纷叫起来："是他！""是他！他叫陈棋。"

敖广一听就来了劲儿："久闻大名！不如我们就这个残局来比试比试吧。"

陈棋爽快地答应了，两人便落座对弈。没想到，陈棋三两下就把敖广的棋逼到了绝路。敖广见势不妙，紧张得额头直冒汗。

"将军！叔叔，您输了。"

敖广很不服气："我们再来三局！三局两胜！"

"叔叔，您下棋的本事我已经看明白了，不必再比了。"

"**大胆**！你一个毛头小子，竟敢这样对我东海龙王说话？！"说着，敖广显出本相，两根金色的龙须高高翘起，神情十分凶恶。

陈棋丝毫不惧，说："只怕大王您输了，脸上无光。"

敖广又气又恼："如果真的输给你，我保证年年向这东海岛进献鱼鲜！"

"好！"

陈棋和敖广又在棋盘边坐了下来。敖广求胜心切，一上来就咄咄逼人，快打猛攻，却也被陈棋抓住破绽。敖广连连失子，很快又被陈棋逼到绝路。这第一局，以敖广的失败告终。

　　第二局，敖广稳扎稳打，每一步都走得十分小心，可陈棋终究还是技高一筹，最终又逼得敖广退无可退。眼看又要输了，敖广竟然耍赖，他伸手抢过陈棋的棋子，说："不行，这不算数！"

　　观棋的渔童们见了，纷纷拍手起哄："龙王赖棋！龙王赖棋！"

　　敖广脸颊通红，心虚地想：如果这局也输了，那就得年年进献鱼鲜了。思来想去，他决定到师父那里去搬救兵。

　　不一会儿，蓬莱仙岛的南斗仙翁就被请来了。南斗仙翁飘然降落，从袖笼里掏出一副仙山玉树雕成的棋盘。盘内棋子是用金银做的，晶莹透亮。

　　棋战重新开始了。敖广有了南斗的助力，气势大盛。陈棋也集中精神，使出看家本领，沉着应战。战况十分胶着，月升月落，旭日东升，他们从傍晚下到第二天，转眼十六小时过去了，还不分胜负。

　　这时，南斗为敖广出了一个点子，让他走了三步妙棋。可万万没想到，陈棋只凝神想了一会儿，就从容不迫地举起棋子，三两下，又占了上风。南斗慌忙小声对敖广说："大事不妙，刚才指点你的那三步，是我平生最得意的妙棋，全天下只有北斗能破解它。我看陈棋那小子刚才的落子，正是当年北斗赢我的法子啊！我前几天听说北斗的棋盘里丢了一颗棋子，想必是跑到这里来了。"

敖广惊讶极了："什么，你说陈棋是北斗棋盘上的棋子变的？"

南斗点点头，说："走吧！我们不是他的对手。"

敖广无奈，只好气哼哼地把棋盘一掀，跟着南斗走了。那盘仙棋连棋带盘骨碌碌掉进东海，变成了星罗棋布的小岛。

东海龙王输了棋，只好兑现诺言，年年进献鱼鲜。从此，这里变得海水澄清，鱼群兴旺，渔民生活富足安定。

龙女拜观音

观音菩萨身边有一对童男童女，男的叫善财，女的叫龙女。

龙女原本是东海龙王的小女儿，长得漂亮又可爱，深受龙王宠爱。有一天，龙女听说人间闹鱼灯，特别热闹，就吵着要去看看。龙王摇了摇头说："你是我龙族的公主，怎么能去那种乱糟糟的地方呢？"

龙女不高兴地噘起嘴，心里暗想：哼，你不让我去，我偏要去！到了晚上，龙女趁着没人注意，一个人悄悄地溜出了龙宫，变成渔家女的样子来到了人间。

街上的鱼灯五颜六色，各式各样，多得数不清！有黄鱼灯、扇贝灯、海螺灯、珊瑚灯……龙女走走瞧瞧，玩得开心极了。

走着走着，她来到了一个路口，这里的鱼灯重重叠叠，看得她眼花缭乱。突然，不知是谁从阁楼上泼了半杯冷茶下来，正好泼在了龙女头上。"糟糕！"龙女惊得大叫一声，赶紧挤出人群，急匆匆往海边跑去。

原来，变成人形的龙女不能碰水，一旦碰到水，没多久就会变回原形。龙女十分着急，拼命地跑啊跑，谁知刚刚跑到海滩，就变成了一条金灿灿的大鱼，躺在海滩上动弹不得。

这时，海滩上走来两个捕鱼的小伙子，他们看到这么大一条鱼，都很惊讶。

"这是什么鱼啊？怎么会在沙滩上呢？该不会是怪物变的吧？咱们还是快走吧！"**胖小伙**胆子小，站得远远的。

瘦小伙胆子大，拨弄着鱼说："管它什么鱼，抬到集市上去卖，肯定能卖个好价钱！"两人商量了一阵，就扛着鱼去集市了。

天上的观音菩萨正巧看到了这一幕，就对身后的善财童子说："你快到集市上，把这条大鱼买回来，送到海里放生。"

善财童子赶紧踏上莲花，飞往人间。这时，大鱼已经被抬到集市上，乡亲们第一次见到这么大的鱼，都好奇地围过去看。他们你一言我一语，有赞叹的，也有问价的……一个老伯说："这鱼太大了，你们不如把它斩开来卖吧！"

瘦小伙觉得有道理，于是借来了一把砍肉斧，举起来就要斩。

"住手，快住手！"就在这时，善财童子气喘吁吁地赶来了，"别砍，别砍，这鱼我买了！"说着，他掏出一把碎银子递给瘦小伙，并请他和胖小伙帮忙把鱼扛到海边。

大鱼刚被放进海里，就摆了摆尾巴，飞快地游走了。游出去很远后，大鱼转过身来，朝着善财童子点了点头，然后才沉入水底。善财童子见了，这才放心地离开了。

龙女回到龙宫时，龙宫已经乱作了一团，因为找不到她，大家正急得团团转。看到小公主回来，所有人都松了一口气。可是，龙女私自跑到人间，龙王气坏了，最终还是狠下心把她赶出了龙宫。

龙女既伤心又无助，她一边走一边哭，不知不觉来到了莲花洋。观音菩萨就住在离莲花洋不远的紫竹林里，她听到了龙女的哭声，于是派善财童子将龙女接来。龙女这才知道，观音菩萨就是自己的救命恩人，连忙叩拜。

从此，龙女就一直留在观音菩萨身边修行了。

妈祖收服晏公

　　湄洲岛上有一座巍峨雄伟的庙宇，里面供奉着"海上保护神——妈祖"。妈祖法力高强，心地善良，经常拯救遭遇海难的人，还为人们治病消灾。

　　有一次，妈祖搭乘一条小船，要去给一座岛上的渔民看病。船走到一半时，海面突然狂风大作，波涛汹涌，小船剧烈地颠簸起来。船上的人都吓得大惊失色，一时间，尖叫声、呼救声响成一片。

　　这时，妈祖大声地对船上的人说："大家镇定，不要慌！"接着，她又对船夫说："快抛下船锚！"船夫照做了，说来也奇怪，船锚刚放下，船身很快就稳住了。

　　妈祖走到船尾一看，只见浪头上站着一个脸庞漆黑、双眼突出的海怪，他头上戴着金冠，身上穿着绣服，一见到妈祖，立刻开始鼓风掀浪。霎那间雷声滚滚，大雨滂沱，小船又剧烈地摇晃起来。

　　妈祖马上念起咒语，并取出一道灵符投向海面。灵符一出，天马上就放晴了，大风卷起一排巨浪直冲向海怪。海怪见妈祖法力高强，只好慌忙躲开。他高举双手向妈祖作揖，迅速离开了。

海怪虽然离开了，心里却很不服气。当妈祖坐船返回的时候，他化作一条张牙舞爪的黑龙，在海面掀起了巨浪，再次拦住了妈祖。

妈祖心想，如果不彻底制伏他，必定后患无穷。于是，妈祖一边念咒语，一边把一张渔网抛向了黑龙。黑龙冷不防被网住，无论怎么翻腾打滚也无法挣脱。无奈之下，他只好现出本相求饶。

"你是什么地方的凶神，敢来这里兴风作浪？"妈祖凛然问道。

"我是东海海神，近日巡逻到这里，看你本领高强，这才想着挑战你一番。没想到我技不如人，反被你制伏。还请仙姑宽恕！"那海怪此时连连作揖磕头，毫无半点之前的威风。

妈祖想了想，收回渔网，然后扔过去一条缆绳，让海怪拉着。海怪伸手一接，缆绳立刻缠绕着把他捆了起来，海怪越挣扎，缆绳就捆得越紧。

海怪无可奈何，只好央求妈祖："我对仙姑心悦诚服，从今往后愿听仙姑号令，请您放了我吧！"

妈祖看他有心改过，就说："要解开绳子可以，但你必须答应我一件事。东海海面风大浪急，渔民常常翻船落水。从今以后，你必须时时来这里巡逻，保护渔船和渔民们。"

"全听仙姑的差遣！"

妈祖看海怪臣服了，就解开缚住他的绳子，放他离开了。这个海怪就是晏公，后来，他成了妈祖手下水阙（què）仙班的总管，协助妈祖保护渔船和渔民。

哪吒闹海

镇守陈塘关的总兵叫李靖，他娶了殷氏为妻。殷夫人给李靖生了两个儿子，大儿子叫金吒，二儿子叫木吒。后来，殷夫人又怀孕了，可是过了三年零六个月，孩子都没有降生。

一天夜里，殷夫人正在睡觉，梦见一个道士走了进来。她正奇怪呢，道士突然喊了一声："夫人，快接住您的儿子！"说着，就把什么东西塞到了殷夫人怀里。

殷夫人从梦中惊醒过来，觉得腹中疼痛，没多久竟生下了一个大肉球。丫鬟吓坏了，连忙跑去告诉李靖："大人，不好了，夫人生下了一个**妖怪**！"

李靖一听，急忙向房间跑去。还没进屋，李靖便闻到阵阵奇香。推开房门一看，房里有一团红光，一个圆圆的大肉球正在房内转来转去。

李靖抽出宝剑往肉球上一劈，里面居然跳出来一个活蹦乱跳的小孩。小孩长得白白胖胖的，右手戴着乾坤圈，肚子上围着混天绫，一落地就满屋子乱跑。李靖一把抱起孩子，左看看，右看看，真是又惊又喜。

第二天，大家听说殷夫人生了儿子，纷纷前来贺喜。一个叫太乙真人的道长也来了。太乙真人非常喜欢这个孩子，于是将他收作徒弟，还给他取名叫"哪吒"。

不知不觉，哪吒已经七岁了。这一天，天气十分炎热，哪吒外出游玩，来到了东海边。他想洗个澡凉快一下，于是解下混天绫蘸起水来。没想到，这混天绫在水里一摆，海面就晃动起来，震得海底的东海龙宫也东倒西歪，虾兵蟹将一个个摔得鼻青脸肿。龙王吓了一跳，赶忙派夜叉上岸查看。

夜叉发现是一个小孩在玩水，气得大声咒骂道："哪里来的野孩子，把我们的宫殿都震坏了！"

哪吒回头一看，发现水面上站着一个青面獠牙的妖怪，正举着大斧瞪着自己。他生气地答道："你这妖怪，我玩我的，关你什么事！"

夜叉气坏了，抢起大斧就朝哪吒砍去。哪吒一躲，再用手上的乾坤圈一套，夜叉便一命呜呼了。

"我的乾坤圈都被弄脏了。"哪吒一边嘟囔，一边将乾坤圈浸在水里洗了起来。谁知，这乾坤圈一晃，龙宫震荡得更厉害了，眼看就要垮了。

龙王三太子敖丙怒气冲冲地上岸来，要探个究竟。

他见哪吒打死了夜叉，又搅得龙宫不得安宁，便怒吼道："臭小子，看招！"说完便举起画戟刺向哪吒，哪吒从容不迫地应战。三太子也敌不过哪吒的两件宝物，才斗了几个回合，就被哪吒打死了。

东海龙王大怒，要捉拿李靖夫妇问罪。哪吒回家后，见到咄咄逼人的龙王和面如土色的父母，这才明白自己闯下了大祸。为了不连累父母，哪吒一人做事一人当，举剑了结了自己的性命。

后来，太乙真人用荷叶和莲花为哪吒重塑了身体，把哪吒的魂魄附在上面，让他获得了新生。

小作家

如果你是哪吒，面对东海龙王大怒、问罪李靖夫妇的场景时，你会怎么做呢？拿起手中的笔，写一写你心目中的更好的应对方法吧！

猴王出世

很久很久以前，在东胜神洲，有一个国家叫作傲来国。傲来国临近大海，海中有一座名山，叫作花果山。在花果山的山顶，有一块三丈六尺五寸高的石头。

这块石头每天吸收日月精华，天长日久，渐渐有了灵气。一天，石头忽然迸裂，产下一颗石卵。风一吹，石卵竟然变成了一只石猴。

石猴每天在山中和猴子们嬉戏笑闹，饿了吃野果，渴了喝泉水，逍遥自在。

一天，天气很炎热，石猴和猴子们到山涧中洗澡。他们沿着山涧玩闹，来到了一道瀑布前。一只猴子指着瀑布叫起来："谁有本事，敢钻到瀑布里面，还能毫发无伤地出来，我们就拜他为大王！"大家听后，纷纷表示赞同。

这时，石猴忽然从猴群中跳出来，大声喊道："我进去，我进去！"说完，他纵身一跃，跳进了瀑布中。

石猴站稳脚跟后，定睛一看，惊讶地发现自己穿越瀑布后，进了一个山洞。洞里面架着一座铁板桥，桥下的水贯穿石洞，流向洞外，就像一道帘子一样遮蔽了洞口。他上了桥，往里走去，发现里面还有石锅、石灶、石碗、石盆、石床和石凳，好像有人居住过一样。洞的正中间还竖着一块石碑，上面刻着"花果山福地，水帘洞洞天"几个大字。

《西游记》

中国四大名著之一，作者为吴承恩。小说主要讲述了唐僧、孙悟空、猪八戒与沙僧师徒四人历经九九八十一难，行程十万八千里，一路斩妖除魔，求取真经的故事。

石猴很高兴，急忙返回洞口，纵身跳出洞外，嘴里还不停地说："太好了，太好了！"

猴子们一见石猴出来，立刻围上来问："里面怎么样？水深不深？"

"瀑布后面没有水，是一个山洞。洞里什么都有，是个安身的好地方！我们要是住进去，就再也不用怕风吹雨淋了！"

猴子们听了，都欢喜地说："带我们进去！带我们进去！"

"好，大家都跟着我。"石猴说完，又纵身跳进了瀑布。胆大的猴子紧跟着跳了进去，胆小的在瀑布前走来走去，犹豫了半天，也跟着跳了进去。

进入水帘洞后，猴子们一个个抢盆夺碗，占灶争床，把东西搬过来、移过去，没有一刻停歇。

过了一会儿，猴子们玩累了，终于安静下来。这时，石猴端正地坐在石椅上说："各位是不是该履行承诺，拜我为大王了？"

猴子们听了，全都欢欢喜喜地跪在地上向石猴行礼，齐声高喊："千岁大王。"

石猴得意地大笑起来，从此，他就自称"美猴王"，带领猴子们在水帘洞里自由自在地生活着。

小画家

美猴王带领小猴子们在水帘洞里自由自在生活的场景真美好啊！请你当当插画家，为他们画张小插图吧！

孙悟空大闹天宫

美猴王和猴子猴孙们住在水帘洞里，日子过得非常快活。可是，只要一想到这样的生活不能长久，美猴王就有些难过。

一天，美猴王听说有一种能让人长生不老的法术，心中非常向往。为了学得这种本领，美猴王跋山涉水，找到菩提祖师，拜他为师。菩提祖师给美猴王取了个名字，叫"孙悟空"。在菩提祖师的指点下，孙悟空不仅学会了七十二变，还学会了腾云驾雾，一个筋斗能翻十万八千里。

学成本领后，孙悟空回到了花果山，把学来的本领教给猴子猴孙们。日子一久，他内心产生了一些担忧：猴子猴孙们操练武艺，用的都是竹竿木刀，这在对敌时可是要吃大亏的。为此，孙悟空一心想找一件趁手的兵器。他听说东海龙宫里有很多武器，就闯进了龙宫。他在众多兵器中挑挑拣拣，始终不满意，最后抢走了东海的定海神珍铁——如意金箍棒。东海龙王又气又怕，只好去找玉帝告状。玉帝听后非常生气，决定派人去捉拿孙悟空。

这时，太白金星向玉帝建议："陛下不如下一道圣旨，召孙悟空上天庭，封他做个小官，这样既不用兵力，又能对他加以管束，不正好一举两得吗？"玉帝觉得有道理，便同意了。

孙悟空接到封官的圣旨，十分开心，什么也没问就答应了。就这样，他上天当了"弼马温"，负责管理天马。一开始，孙悟空干劲十足，把天马养得又肥又壮。后来，他得知弼马温是个没有品级的小官，十分生气，把玉帝怒骂了一通，然后驾起筋斗云回了花果山，还自

封为"齐天大圣"。

玉帝听说孙悟空私自离开天庭，立刻派天兵天将下界捉拿他。没想到，天兵天将们都打不过孙悟空。没办法，玉帝只好承认了"齐天大圣"的名号，再次把孙悟空召上天庭，让他看管蟠(pán)桃园。

这天，孙悟空正在桃树上睡觉，七位仙女来桃园采摘桃子，吵醒了他。孙悟空从仙女处得知，王母娘娘要在瑶池举办蟠桃会。王母娘娘邀请了各路神仙参加，却没有请他。孙悟空气坏了，立即往瑶池飞去。

这时，蟠桃会还没有开始。孙悟空变成赤脚大仙的模样混进瑶池，他看见桌上摆满了美食和美酒，馋得直流口水。于是，他拔下毫毛变作瞌睡虫，偷偷地吹到布宴童子的脸上，等他们昏睡过去后，便大吃大喝起来。

没多久，孙悟空就喝醉了。他跌跌撞撞地在天宫里乱逛，最后闯进了太上老君的兜率宫。看到五个装满金丹的葫芦，他拿起来便往嘴里倒，把金丹吃了个精光。

仙丹全部下肚后，孙悟空的酒醒了，他惊叫道："不好！这下闯大祸了！"他连忙跑出兜率宫，使了个隐身法，从西天门逃回花果山去了。

孙悟空大闹蟠桃会，又偷吃了太上老君的金丹，玉帝知道后，大发雷霆，立即派各路天兵天将去捉拿他。二郎神带着梅山六兄弟前来助阵，和孙悟空斗起法来。

孙悟空一会儿变成麻雀，一会儿变成水蛇，二郎神根本拿他没办法。孙悟空与天兵天将缠斗许久，打败了许多神仙，可最终寡不敌众，还是被抓住了。

孙悟空被押到斩妖台，玉帝命人用刀斧砍他、用雷劈他、用火烧他，但他都毫发无伤。最后，孙悟空被关进了太上老君炼丹用的八卦炉。太上老君想把孙悟空炼成灰烬，可整整七七四十九天过去了，孙悟空不但没死，反而炼就了一双火眼金睛。孙悟空出来后，一脚踹翻八卦炉，又和众仙将打了起来，一直打到玉帝的灵霄宝殿。

玉帝赶忙命人请如来佛祖前来帮忙。如来佛祖施法把孙悟空压在了五行山下，这才将他制伏。

小评论家

孙悟空会千变万化，本领高强。有人说他聪敏机智，有人说他顽劣不堪，在你心中，孙悟空是怎样的形象呢？

孙悟空三打白骨精

孙悟空被压在了五行山下，过了五百年，才被西行取经的唐僧救了出来。为报答唐僧的救命之恩，孙悟空拜他为师，护送他西行取经。

观音菩萨担心孙悟空野性难驯不服管教，就设法给他戴上了一个金箍，并教给唐僧一道"紧箍咒"。路上，孙悟空又帮唐僧收服了猪八戒和沙僧两个徒弟。

这天，唐僧师徒四人来到了白虎岭。赶了一天的路，唐僧又饿又累，便让孙悟空去化些斋饭。孙悟空飞上云端，看到南边山上有一片桃林，树上结满了鲜红的桃子，便往那儿飞去。

不料，这下惊动了山里的白骨精。白骨精飞上天一看，发现了唐僧，高兴极了："哈哈！太好了！听说吃了唐僧肉可以长生不老，现在机会来了！"她摇身变作一个美丽的女子，提着一个青砂罐和一个绿瓷瓶，来到唐僧身边。

"长老，这是我特地为您准备的斋饭，还望长老不要嫌弃！"唐僧不肯吃，可一旁的猪八戒闻到斋饭的香味儿，馋得直流口水，他一把夺过罐子，张口就要吃。

就在这时，孙悟空带着桃子回来了。他一眼就看出女子是妖怪变的，举起金箍棒就打。狡猾的白骨精化作一缕烟逃跑了，地上只留下一具假尸体。

唐僧见孙悟空打死了人，非常生气，大声训斥道："你这泼猴，怎么能无缘无故害人性命？"

"师父，那女子是妖精变的！不信，您看看那些斋饭。"几人上前一看，青砂罐、绿瓷瓶里的斋饭竟然是青蛙和癞蛤蟆变的！它们正满地乱爬乱蹦呢。唐僧见了，这才相信孙悟空说的话。

猪八戒没吃到斋饭，心里很不痛快，就在旁边嘀咕："那女子好心送饭，怎么可能是妖怪？一定是大师兄怕师父责怪，使了障眼法。"唐僧听了这番话，信以为真，竟对着孙悟空念起了紧箍咒。

孙悟空头疼得受不了，大声哀求："师父，师父，别念了，求您别念了！"唐僧心软了，终于停了下来，并告诫他以后不能随便杀人，若再作恶，就把紧箍咒念上二十遍。孙悟空连连答应。

几个人吃完桃子，又继续上路了。白骨精没有死心，又变作一个正在寻找女儿的老太婆，拄着竹杖，哭

着向唐僧几人走来。孙悟空看出老太婆也是白骨精变的，举起金箍棒就打了下去，白骨精再次留下假尸体逃跑了。

唐僧以为孙悟空又无缘无故打死人，气坏了，又念起了紧箍咒，还要赶走孙悟空。

孙悟空疼得在地上直打滚，说："师父如果真想赶我走，就取下我头上的金箍吧。"

唐僧不知道怎么取下金箍，只好再次原谅了孙悟空，并警告他不能再犯杀戒。

白骨精没有吃到唐僧肉，很不甘心。于是，她又变成了一个老头儿，假装来寻找妻子和女儿。孙悟空见到老头儿，又一下子看破了他的伪装，举棒大喝："妖精，哪里跑！"不过，这回孙悟空可学聪明了，他怕师父错怪自己，于是喊来土地神和山神，让他们给自己做证，然后才一棒打了下去。

这下，狡猾的白骨精终于死了。她化作了一堆白骨，脊骨上还写着"白骨夫人"四个字。

孙悟空三借芭蕉扇

唐僧师徒风尘仆仆地赶往西天取经。一天，他们来到一个地方，感觉像进了蒸笼，每个人都汗流浃背。已经是深秋时节了，怎么还这么炎热呢？他们感到非常奇怪，看到路旁有一座庄院，便上前打听原因。

原来，前面有一座火焰山，周围八百里都被火焰包围，所以才会这么热。火焰山是去西天的必经之路，可是，在熊熊大火里，就算是铁也会熔化，该如何过去呢？当地人告诉他们，要想翻过火焰山，就得去翠云山的芭蕉洞，找牛魔王的妻子铁扇公主借芭蕉扇，只有芭蕉扇能扇灭火焰山的火。

孙悟空听了大吃一惊：铁扇公主？不就是红孩儿的母亲吗？原来，孙悟空之前跟红孩儿有过节，还请观音菩萨收服了红孩儿，铁扇公主怎么会愿意把芭蕉扇借给他呢？可是，为了通过火焰山，他还是来到了芭蕉洞。

果然，铁扇公主听说孙悟空来了，就提着两把宝剑走出山洞，生气地说："你这泼猴！我不找你，你倒自己找上门来了！这次正好替我的儿子报仇！"说完便举起宝剑朝孙悟空刺去。

铁扇公主打不过孙悟空，不过她的那把芭蕉扇十分厉害。她拿出扇子一挥，孙悟空就被扇到了万里外的小须弥山。

小须弥山上有个灵吉菩萨，他得知孙悟空的遭遇后，说："大圣别急，我送你一粒定风丹，有了它，铁扇公主就扇不动你了。"

于是，孙悟空带着定风丹，再次来到了芭蕉洞。这一次，无论铁扇公主怎么扇，孙悟空都纹丝不动。铁扇公主见势不妙，连忙躲回了洞里。孙悟空灵机一动，变成一只小虫跟了进去。他趁铁扇公主喝茶时，钻进了她的肚子里，在里面又踢又打。铁扇公主疼得连连求饶，不得不把芭蕉扇借给孙悟空。

孙悟空拿着芭蕉扇赶到火焰山，用力地扇了起来，没想到火焰不仅没有熄灭，反而烧得更旺了。原来，铁扇公主借给他的竟是一把假扇子。

这时，土地神现身了，他告诉孙悟空："要想借到真芭蕉扇，还得找牛魔王。"于是孙悟空又找到牛魔王，但是牛魔王不肯帮他。为了过火焰山，孙悟空又想了个主意，他自己变成了牛魔王的样子，大摇大摆地来到芭蕉洞。这一次，他顺利地骗走了真正的芭蕉扇和使用口诀。谁知，他刚离开，真牛魔王就回来了。牛魔王听说孙悟空骗走了芭蕉扇，非常恼火，立刻追了上去。

看到孙悟空扛着变大的芭蕉扇走在前面，牛魔王想着不能硬碰硬，得想个法子。于是，他变成猪八戒的样子，走上前说："猴哥，你辛苦了，我来帮你拿扇子吧。"孙悟空没有认出他是牛魔王假扮的，就把芭蕉扇给了他。

牛魔王拿到芭蕉扇，连忙念动口诀，把芭蕉扇变小，藏了起来。接着，他现出原形，大声说："泼猴，还认得我吗？"孙悟空一看，气坏了，举起金箍棒就朝牛魔王打去，一时难解难分。

猪八戒见孙悟空久久没有回来，就去找他，正好碰见他与牛魔王打斗，连忙上前帮忙。牛魔王打不过他们俩，便现出原身——一头像山一样高的大牛，顶着大牛角朝二人撞去。

三人的打斗惊动了天庭，神仙也纷纷赶来帮助孙悟空。哪吒取出风火轮套住了牛魔王的牛角，又用三昧真火去烧。牛魔王刚想变个样子逃走，却被托塔天王的照妖镜定住了。最后，他只好连连求饶，交出了芭蕉扇。

就这样，孙悟空拿着芭蕉扇扇灭了漫山大火。师徒四人顺利地通过火焰山，继续西行。

沉香劈山救母

从前，华山上有一位美丽善良的仙子，她是二郎神的妹妹，人称"三圣母"。三圣母与凡人刘彦（yàn）昌情投意合，偷偷结为了夫妻。

刘彦昌是个书生，与三圣母成亲后不久，便要进京赶考。临行前，他交给三圣母一块祖传的沉香，并告诉她，孩子出生后，就叫"沉香"。

刘彦昌才华出众，在科举考试中金榜题名，被任命为扬州府巡按。就在他以为可以和妻子团聚的时候，不幸发生了。

原来，王母娘娘的寿诞到了，她在天庭召开了蟠桃大会，各路神仙都前来祝贺。三圣母因为有孕在身，便没有去参加。正是这次缺席，引起了哥哥二郎神的怀疑，他很快就发现了妹妹的秘密。

二郎神找到三圣母，生气地对她说："你私自下嫁凡人，触犯了天条，快跟我回天庭领罪。"三圣母不肯，拿出法器宝莲灯，和二郎神打了起来。宝莲灯是一件神通广大的法宝，不一会儿，三圣母就把二郎神打退了。

二郎神见敌不过三圣母，便让哮天犬趁三圣母不注意，把宝莲灯偷了出来，然后施法把三圣母压在了华山下的黑云洞里。

三圣母在黑云洞里过着暗无天日的生活，她受尽了苦难，生下了儿子沉香。因为不忍心沉香跟着自己受苦，她就恳求看守自己的夜叉，把沉香送到刘彦昌身边，让他抚养孩子。

时间过得很快，一转眼沉香八岁了，得知母亲被压在华山下受苦，他非常难过，决心救出母亲。

于是，沉香独自离开了家。他一边走一边向人打听路，历经千辛万苦，终于来到了华山。可是，华山这么大，怎样才能找到母亲呢？沉香感到很无助，忍不住放声大哭起来："娘亲，你在哪里？"

悲伤的哭声回荡在山谷中，惊动了路过的霹雳大仙。霹雳大仙问："孩子，你怎么了？"

沉香将自己的身世告诉了霹雳大仙，恳求他帮助自己救出母亲。霹雳大仙很同情沉香，便将他收为徒弟，带他回了洞府。

沉香跟着霹雳大仙潜心学习仙术，很快就学得了一身本领。转眼，沉香已经十六岁了。他救母心切，于是向霹雳大仙辞行。临走前，霹雳大仙送给他一柄萱花开山神斧。

沉香腾云驾雾，很快就来到了华山，找到了关押母亲的黑云洞。他在洞外大声呼喊："娘亲，我是沉香，我来救你了！"

三圣母听到儿子的声音，既激动又担忧：哥哥法力高强，又有宝莲灯在手，沉香怎么敌得过他？于是，她大声叮嘱洞外的沉香："孩子，不要冲动，去向你舅舅求情！"

谁知，二郎神根本不理会沉香的苦苦哀求，他不但不肯放出三圣母，还想对沉香痛下杀手。沉香很生气，抢起神斧就跟二郎神打了起来。他们你来我往，斗得天昏地暗，惊动了天上的仙子。

仙子们都很同情沉香的遭遇，见沉香渐渐落了下风，便暗中伸出援手。在众仙的帮助下，沉香越战越勇，最终不仅打败了二郎神，还夺回了宝莲灯。他飞身返回华山，举起萱花开山神斧，用力朝着华山劈去。只听"轰隆"一声巨响，地动山摇，沙尘漫天，华山裂开了！三圣母终于得以重见天日。

沉香成功地救出了母亲，从此，他们一家人幸福地生活在一起。

八仙过海

很久很久以前，有八位得道仙人，他们分别是：铁拐李、汉钟离、吕洞宾、曹国舅、张果老、韩湘子、蓝采和与何仙姑。人们将他们合称为"八仙"。

有一天，八仙去参加王母娘娘举办的蟠桃大会。回来的时候，他们从东海上空经过，只见海上波涛汹涌，白浪滔天，壮观极了。

这时，吕洞宾提议："我们以前都是腾云驾雾飞过海，这次不如各自施展仙法渡海，看看谁的仙法最厉害，怎么样？"大家听了，纷纷表示同意。

走在最前面的是何仙姑，只见她把手上的荷花丢到海里，海面上顿时出现了一张绿油油的大荷叶。她轻盈地跳到荷叶上，稳稳地向前漂去。

下一个是吕洞宾，他将宝剑投进水里，然后双脚踏上宝剑，飞一般向对岸奔去。汉钟离见了，也不甘示弱，他将扇子往海面扔去，等扇子变大后，便悠然坐

在扇子上渡海。曹国舅紧跟在后面，踏着玉笏(hù)破浪
而去。

"哈哈，看我的！"张果老说完，就从怀里摸出一只
纸驴，随手往空中一抛。纸驴慢悠悠地飘向海面，一边
飘一边像气球一样越胀越大，最后竟然变成了一头真
驴。张果老爬上驴背，吆喝一声，骑着驴子向前奔去。

"我们也快点走吧！"说完，韩湘子踏上玉笛，玉笛
一边奏起悠扬的音乐，一边飞快地划过海面。铁拐李也
赶忙踩上拐杖，乘风破浪而去。蓝采和是最后一个，他
跳上如意花篮，随浪漂去，所过之处都留下了奇异的
香气。

不一会儿，大家陆陆续续到岸了。可他们等了许

久，也不见蓝采和的踪影。原来，龙太子看上了蓝采和的如意花篮，在半路把他掳走了。

七位神仙不知情，在岸上等啊等，越等越着急。这时，吕洞宾掐指一算，说："坏了！是东海龙王作怪！我们快去龙宫找人！"

于是，一行人又飞回海上。吕洞宾冲龙宫大喊："东海龙王，快快把蓝采和交出来，否则别怪我们不客气！"

东海龙王和龙太子听到喊声，立刻带领一群虾兵蟹将冒出水面，他们二话不说就跟七仙打了起来。龙王布下战阵，但很快就被七仙攻破了。

龙王和龙太子又吐出龙珠来与七仙斗法。龙珠放出万道光芒，照得七仙连眼睛都睁不开了。还好吕洞宾挥舞着宝剑，把龙珠的光芒一一劈散。龙珠失去神力，掉进了海里。吕洞宾乘胜追击，又施法驭使宝剑飞速袭向龙太子，龙太子躲闪不及，被刺伤了。

战斗越来越激烈，七位神仙纷纷拿出法宝，与龙王和龙太子混战一团。最终，龙王和龙太子打不过七仙，夹着尾巴逃走了。

七仙成功救出了蓝采和，并帮蓝采和夺回了花篮。八仙重聚，又一起开开心心地云游去了。

蜗牛，伴你长大

图书在版编目（CIP）数据

中国古代神话/蜗牛房子主编.—福州：福建少年儿童出版社，2021.3
（蜗牛小经典：有声版）
ISBN 978-7-5395-6884-3

Ⅰ.①中… Ⅱ.①蜗… Ⅲ.①神话-作品集-中国-古代 Ⅳ.①I276.5

中国版本图书馆CIP数据核字（2019）第212639号

蜗牛小经典·有声版

中国古代神话
ZHONGGUO GUDAI SHENHUA

项目统筹	林 欣
丛书策划	蜗牛童书
责任编辑	林 欣
书籍装帧	灵动策划
插画绘制	马占奎

主　　编	蜗牛房子
出版发行	福建少年儿童出版社
地　　址	福州市东水路76号17层
邮　　编	350001

http://www.fjcp.com　　e-mail:fcph@fjcp.com

经　　销	福建新华发行（集团）有限责任公司
印　　刷	佛山市华禹彩印有限公司
开　　本	787毫米×1092毫米　1/16
印　　张	12
版　　次	2021年3月第1版
印　　次	2021年3月第1次印刷
书　　号	ISBN 978-7-5395-6884-3
定　　价	25.00元

如有印、装质量问题，请联系020-22091615调换。

寻找最美阅读手账

当你翻到这里，亲爱的小读者，我们本次阅读之旅就到站啦！在旅途中，你是播种了一份热爱，还是捡拾了一片美好？不如记录下来，和更多人分享吧！

活动说明

亲爱的小读者，蜗牛童书正在寻找最美阅读手账，记录你在阅读后的收获，将它拍照发给我们，就有机会拿大奖噢！

参与流程

1. 以手账的形式，将阅读收获记录在本书的最后一页。
2. 拍照（要求像素高清、图文清晰）。
3. 扫描本书封底的"蜗牛童书"公众号二维码并关注。
4. 将图片发送至公众号后台，并留言"寻找最美阅读手账"。
5. 参赛成功。

评选日期

每年1月1日、7月1日评选出上一年度下半年和本年度上半年的最美阅读手账。

奖　品

一等奖　1名　　拍立得相机1部、蜗牛童书官方获奖证书1份
二等奖　2名　　儿童天文望远镜1架、蜗牛童书官方获奖证书1份
三等奖　3名　　蜗牛插画师绘制的手账胶带1份、蜗牛童书官方获奖证书1份

Tips:
1. 如果你的同学、朋友、家人们也喜欢这本书，可以邀请他们一起来参加噢。
2. 你也可以用自己喜欢的手账记录阅读收获并拍摄下来，同样有效呢。